Chinese Poetry

2022
·
1

一公斤棉花有上万颗棉籽

主编 张执浩

长江出版传媒 | 长江文艺出版社

开卷诗人

004	贾薇　作品	004
030	文康　作品	030

诗选本

054	里所　起子　胡亮　德慧	054
073	黄沙子　井鸣睿　杨略　武帅	073
089	曹辉　向武华　王晓冰　咄　盛兴	089
109	清越　苏宁　黄秋　黄定海	109
127	程世平　严彬　林水文　凸凹	127
142	张俊璐　余怒	142

诗歌地理

157	鲁若迪基　诗选	157
166	马绍玺　把山头含在嘴里的诗人	166
173	华楠　诗选	173
182	林东林　把一闪留住	182

杨碧薇专栏

190	诗性的困境和尝试	190

草树专栏

198	如何测听一首诗	198

编委会

（以姓氏笔画为序）

王光明　邓一光　叶延滨
吉狄马加　李少君　李　蓉
吴思敬　商　震

名誉主编　　邓一光
主　　编　　张执浩
主编助理　　林东林
编　　辑　　小　引
　　　　　　艾　先
编　　务　　万启静
艺术总监　　川　上
美术设计　　杜　娟
封面设计　　祁泽娟

根号二书籍设计工作室
QQ:1403310808

法律顾问
金　岩（湖北今天律师事务所）

开卷诗人

Open Page

贾薇　作品
文康　作品

贾薇
作品

推荐语

贾薇一直在写某种与云南的地貌、风物和生活相匹配的诗歌，而且她始终坚持用一种声调来讲述自己的精神生活，二十多年几乎没有任何改变，总给人以人世尽头、天荒地老之感。不温不火、不疾不徐的语言节奏，来自诗人对生活的自在又自如的把控力，她的声线并不繁复，甚至多少显得有点单调，但丝毫不影响诗意的传递效果，犹如高原明亮的日光在物体上的折射，而引发的光斑跳荡，令人恍惚，眩晕。长期游离于诗坛，却不影响她存在的独特性，这样的诗人是令人尊重的。

张执浩

我一直觉得，要把诗写得"硬朗"和"开阔"，是汉语写作中一个莫名的趣味性误区，似乎许多人觉得，这样更方便传世——但是，诗为什么一定要这样写呢？在我们一拥而上、山呼海啸的时候，总应该有些独特、自我的声音吧，它完全可以自足、圆满，且稀缺难得，它从汉语中来，也必将回到汉语中去。二十多年前，贾薇的写作就给了我这样的经验和感慨。从月光下的苞米地，午后阳光下微微生暖的臀部，到盛夏之味道、新疆之棉花，她在语言和画面之间，找到了转换的节奏——轻柔、缓慢，又不缺乏铿锵之心。上游下雨，下游河涨，诗人能够独享的，就是一种在暗处的欢乐。

小引

贾薇是个需要读者去耐心倾听的诗人。在她细致冷静的语言风格下，作者自身的情感和价值判断几乎全部被淹没甚至隔绝在作者对细节的琐碎描写中，所以只有具备耐性和高度敏感的读者，才能从这些琐碎细节里感知到作者的意图和真情实感。这不是那种一抒胸臆或者淋漓尽致的阅读体验，而是细密绵长的沉浸式阅读体验。在这个速食化的时代，这样的作者以及这样的作者所培养出来的阅读者，无疑都是珍贵而又难得的。

艾先

贾薇的每首诗歌都有一个视角，俯视的，仰视的，平视的，内视的，外视的，等等。沿着这些视角跟随她进入日常生活现场，站在她设定好的那个支点或者奇点上，你会发现诗歌具备了一种装置的结构，光影从那些结构中渗进来，在你面前呈现出一种立体环绕之境。那是语言的同时也是超越语言的，那是画面的同时也是超越画面的，诗歌在她那里等于艺术或者就是艺术——艺术不需要意义，不需要被理解，只需要被看到被接受，然后哑口无言。

林东林

张翠莲

有人半夜在楼下喊
张翠莲
张翠莲
没有人答应
小区的院子里
108户人家大都已睡
来人在楼下喊
张翠莲我的钥匙丢了
张翠莲没有答应

张翠莲是108户人中的一员
半老女人
常牵了狗在院子里溜达
张翠莲我的钥匙丢了
喊的人声音沙哑
半夜来风
把他后面的几个字
倏地
抛到了院子的后面
没有人听清他说的是钥匙丢了
只是听他很着急
很无助
带着哀求的哭腔
叫那躲在不知何处的张翠莲

那个半夜我也无心睡眠
陪着楼下的人一起喊
张翠莲
我们一个在楼上
一个在楼下
喊声很大
后来108户人中
有好些人都跟着喊了起来
张翠莲我的钥匙丢了

这个沉得住气的半老女人
始终没将钥匙
从窗台上扔下

蚯　蚓

我都是躲在暗处
深藏着难言的不为人知的快乐
在那里
我在暗中轻轻用身体触摸着
那些软的
有温度的和起伏的泥土
它们没什么颜色
它们因为躲在暗处
所以没什么鲜亮的颜色
在那里
我的每一次呼吸都是微弱的
但并不影响我感觉到的畅通
在那里
我的每一次蠕动都是微弱的
但是并不影响我的舒服
尽管我总是悄悄的
在暗处
但我总是会被舒服的蠕动弄出叫声
虽然你听不到
一个微小的我
在暗处的叫声
但我还是会在深褐色的暗处
不管不顾地舒服着

我知道在我的上面
一层薄薄的软土
隔着我和世界的关系
阳光

蓝天
细雨
河流
我不能用更好的方式去感觉它们
我的感觉虽然没有颜色
但我是知道的
知道的我还是在暗处
悄悄地
弱小地
舒服着

我都是躲在暗处
即便暴露出我的一些舒服
也不会有人理睬
那些没有颜色的东西总是让人忽略的
即便我在暗处大叫
引来的只是和我一样
弱小的生命
我就躲在离光线几厘米的地方
悄悄快慰着
不快慰的时候我也悄悄无聊着
你觉得我的叫声有点放浪
也不会有谁关注
不会的

这是我一生热爱的
我觉得无比自由的
一种在暗处的快乐

15岁

15岁那年
我在盐津的
砾石路上跑步
天不太亮

云雾很大
有一种 湿气
前面跑着一个
名叫张兵的男孩
他边跑 边回头张望
砾石路两旁长满漆树
我15岁的身体
轻松得
要飞起来一样

张兵突然转身
站在路中央 结结巴巴说
我 我想
我们 一起 跑
我们跑了一段路
停在漆树边上
张兵紧张
我也紧张
他说
借作文给我看看
我没有说话
有些 大失所望
我转身往回跑
张兵停在漆树边上
我跑回家发现

深蓝色裤管上
扎满了
漆树边上的芒刺

盛夏的河水

先看到顺水漂下来很多枝叶
一会儿被水冲到左岸
一会儿被水冲到右岸

有时候还裹挟一些花瓣
不过花瓣太细小一般看不见
下过雨的盛夏
早上阳光照耀
河水陡然升高
现在漂来的已经不是轻飘的枝叶
是大根大根的树枝
是被河水撕裂的吗
拳头粗的树干夹杂着茂密枝条
在盛夏的河水里左冲右撞
河水浑浊凶猛
还是看见树干生白的伤口
在湍急的河水中一闪而过
很快又漂下来一些家具
虽然早就支离破碎
但进水之前它们一定完好
稳稳立于一户人家的房间
上面要么摆满杂物
摆满水果或是碗筷
水面上漂下来一些衣物
红红绿绿黑白相间
它们被主人浆洗过晾晒在河边
被暴涨的河水突然带到下游
它们眨眼之间顺河而下
带过来好些盛夏的信息
逆流而上的那座小城
不会因为一场暴雨惊慌失措吧
不会因为河水渐涨四处奔逃吧
不会因为风雨交加慢慢绝望吧
暴涨的河水裹带着复杂的情绪顺流而下
奔流多远才会平静

这是盛夏的一部分变化
河水七月暴涨
到了八月消退
水面浑浊杂物减少

除了知道上游下雨
带来的其他信息不多了
经常穿粉红衣裙的女孩照旧每天上课
小区门口修补单车的师傅也天天出来
穿几条街去上班的中年人会准时出门
接孩子的女人雷打不动去幼儿园守候
上游小城雨终于停了

这就是盛夏的河水
春流来
秋流去

盛夏那些气味

穿过那些清香木草丛
走过气味就出来
一低头　气味更浓
还有已经开出蓝花的假连翘
它密不透风
连着盛夏泥地上的野草
发出一种气味
有点热烘烘的
又有点凉飕飕的
更多的气味来自太阳刚出
六月的艾蒿
手一触碰
或者风一吹过
气息垂直过来
会被呛得站不住脚
最不起眼的是那些长在土墙脚的藿香
浓厚又霸道
会被这种气味塞得满满当当
会瞬间失去方向
或者想起一些菜肴
盛夏的气味还躲藏在

身后不远不近的地方
不知道在哪里
却依稀能辨别
好像薰衣草
又像迷迭香
只是它们的气味都太时尚
而始终萦绕也最熟悉的
就是雨一直在下
下了那么几天或者几个月
丝丝潮湿
会布满屋里的所有木制家具
根本看不见样子
却闻得到气味
轻悠悠的跟刚坏掉的水果一个味道
湿气的触感有时候有棱有角
摸到木头摸到布匹摸到墙
有形有味湿漉漉的
每年那么几次
每次持续几天
然后一过七月
基本上就不会有了

盛夏的室外气味馥郁
不管不顾藏在
路边的草丛里
青瓦的屋顶上
绵绵的雨声中
晕晕的阳光下

只是千万不要
走近那些蓝色的有味道的大喇叭花
因为它们
是曼陀罗

深　蓝

它多么像一缕光线
从海面照抚下来
穿过群鱼游动
穿过礁石沟壑
穿过还温润的水
一直到下面
柔软的一触即发的
海底

它游动得多么快
没有比它更快的了
它游动的速度扇起了巨浪
但在它的世界
那只是小小的波纹
像它一些小脾气
眨眼变成涟漪

和黑暗相伴的时光
在海底400米下无声无息
缓慢流淌
它几乎是唯一生命
每天在暗中消磨光阴
没有玩伴
冷清的遨游了无生趣
但它变着花样游戏
自顾自地说话

一条鱼的黑暗不比一个人
一条鱼的孤独不比一个人
它深藏在水里漆黑一团
你了解不了
它欢喜还是忧伤
它活跃还是沉闷

它藏在最黑暗的水底
你凭什么了解

它年少的时候
一条鱼游戏变成两条鱼
中年时
穿过惊涛骇浪
多了新伤
它老了
静享暗中的生生死死
独自遨游
独步远方

那水底400米之下
没有光亮很黑
没有声音很静
没有搏斗和欢愉
一缕光线悄然抵达
在最深和最浅的水之间

那是
深蓝

四月中旬

四月中旬
苍蝇茂盛
四月中旬
苔藓茂盛
四月中旬
花儿开得
不知疲倦
四月中旬
欲望涟涟
苔藓苔藓

我窗台之下
别人水沟之边

四月中旬
颜色不淡
天上苔藓
水中苔藓
都很灿烂
四月中旬
有个弟弟
经过我窗前
他说
苔藓苔藓
在你下边

低空飞行

我所要做的
只是
擦着地面
在潮气和阴冷中
闻那些
青苔的味道
没有人跟踪
一个动作
就将我
与众人拉开距离
我在风中将手臂抬高
顺着指引
在干树枝上停顿
这是一次飞行
低空中
所有的影像从后背穿越

任何人都可以来
看擦着地面的飞行姿势
我保持住自己的速度
在飞行中
重新调整动作
我看见水中的摇晃的青苔
风一吹
我的手臂又一次抬高
一些人在水边停留
他们仰头看
他们三三两两说
谁呀　谁呀
像一只蜻蜓

只是因为姿势
我便与众人
拉开了距离
我不能在飞行中低头
我的双肩灌满了风
耳朵被吹得生疼
我看见城市
灰色的背景下
一只鸟迎风站立
我不能与它打招呼
我只能迅速穿越
像时间一样
撕破点东西

我又张开了双臂
在飞行中听见
观望的人群说
你们看贾薇
你们看贾薇

树

我躺下的时候
看见树枝啊
光秃秃的
星星很多
它们在眼皮上面
只要睁眼　就能发现
我的裤子
看上去很黑
它太旧了
即使黑夜
干燥的草茎轻轻一点
它就会破
破了一个大口

在那么静的荒园
没有水
树的叶子都光了
多枝的树
很白
也很安静
谁能听见长裤扎破的声音
但我知道
遍地枯黄的干草
深及膝盖
总能破点东西
它是什么刺呀

我也不知
时间去了哪里
无风的暗中
我在下面　偷听它们
我害怕有人打搅
空空的干草上
一直尖叫

我用这种声音吓跑
所有的人
但我知道
我的尖叫
刺激了所有的树

松本佳奈什么也没做

六个小时泡黄豆
六个小时煮黄豆
六个小时卖豆腐
她在做什么
什么也没做
泡黄豆，煮黄豆
磨成豆腐
天天等几个人来吃
坐在门前的长凳上
六分钟轻轻地吃完
吃完了也不说话
静静地各自散开
松本佳奈的小镇
什么也不做
看天，看地
看水，看它
一只叫李克的狗
偶尔探一个头出来

松本佳奈的花
从种下去就开始开
悄悄地开
藏在大树叶子的下面
不低头看不见
低下头不往大树叶子下面看也看不见
好几朵花

开了好长的时间
就在只卖威士忌的小店旁边
煮黄豆的她进来喝一杯
只有威士忌加水
带孩子的婆婆来喝一杯
只有威士忌加水
一直想着远方却一直留在小镇的他
进来喝一杯
只有威士忌加水
除了威士忌加水
没有别的
灰色的墙上也没有别的
往半开窗户那边看出去
没有谁知道
一片大树叶子的下面
几朵花早就开了
松本佳奈什么也没做
哄哄孩子睡觉
泡黄豆，煮黄豆
磨成豆腐
等着那几个人来吃
吃完各自散开
全然不顾
一大片大树叶子的下面
开了好长时间的几朵花
有些不耐烦

没有人发现
松本佳奈刚种下去的花
早就开了
只是
有心的人才看得见

高 兴

她在沙发上坐着
突然
有些悲伤
那晚她一直望着
窗外的月亮
想什么
没有人知道
看上去她很忧愁
她说了句话
没有人听清
她一个人坐着
有半小时

突然
她欢呼起来
太好了
老去的
不只是我一个人

炒河粉

是的
我不该在吃炒河粉的时候想他
这样显得不怎么干净
碎糟糟的粉皮
牛肉
豆芽和韭菜
它们都容易暴露出
想和吃
这种本质上的差异和缺点
但我还是想了
不是简单的边吃边想
是显得不怎么干净

刚进餐馆的时候
姑娘就问我
你要吃什么
我说就一盘炒河粉
她又问你还要什么
我说我不要了
她还是缠着我问
你还想要点什么
我反问她
炒河粉有什么不对吗
姑娘就笑了
没说话就去
炒河粉了
是的
可能我还应该要点什么

我是在吃到中途的时候开始想他的
这是有一点不干净
因为想他的时候我感到紧张
没有吃河粉样的快乐
我甚至还感到有危险悄悄逼近
这当然
不是河粉带给我的

是的
我是不应该在吃炒河粉的时候想他
特别是我看到了
炒河粉
一盘散沙

李阳说

李阳说那个夏夜他看见的就是我
他很肯定地说

我穿一件黑裙
从昆明翠湖的一条小巷
走到文林街的一家酒吧
李阳说当时我身边没有别的人
只有我自己
李阳说我穿的那条黑裙
上面有细碎的花纹
我一走路碎花就动
像翠湖的水纹
他说他不会看错的

李阳说我到了一家酒吧后
在靠窗的地方坐了下来
没有喝酒
没有和别人说话
李阳说你来酒吧不喝酒干吗
我在酒吧不到一个小时就出来了
穿着那件黑裙
一走路碎花乱动
李阳说他看见我不知道该往哪里去
一直在翠湖边上徘徊
他说他看见我真是急了
他说你顺翠湖走啊
到小西门就有车了
坐上101路车
你不就可以回家了

李阳说他看见的人一定是我
不可能是别的
那晚他在翠湖最热闹的地方
一个熟人都没碰见
唯独在从翠湖到文林街的路上
看见了我
李阳很肯定地说
那个夏夜他看到的
不可能是别的人

看到我李阳就想
这么晚的一个夏夜
碰上坏人怎么办
想不通跳翠湖怎么办
李阳说我知道你不会游泳
而那晚翠湖的水大得很

那个夏天李阳看见了我
一身黑衣裙
心神不安地
在翠湖和文林街上来回
那样一个夏天我去翠湖和文林街干什么
但李阳肯定地说
我看见的一定是你
不是你会是谁呢

慢　慢

那慢慢来的该随着风
轻轻地
就像轻吟
凑近耳边
三言两语
伸着风的舌头
柔得一点动静没有

那慢慢来的该随着雨
沙沙地
下来就沾着地面
婉转化开
缓缓慢洇
顺着雨的水帘
从脸颊上
柔柔下坠
一点感觉不出来

那慢慢来的该随着声音
悄悄地
若有若无的轻叹
从背后　头发
环绕轻抱
比棉花还轻呢
像一阵雾气
看得见
但伸出手指
却只是在空中
划一条浮线
它就在那里
没有重量　和形状

那慢慢来的该会来
不管多久
多远
穿越多少起伏
穿越旁人
从时光中
剥离出最灿烂的一面
它来得很慢
很慢
不发出声音
一切戛然而止

它慢到丝毫不能感觉
突然很舒服
也很放松
慢到想不起别人
想不起任何
无声无息
清风慢摇
婉转低唱

它很慢
它慢得
很安全

掰开苞米

那个晚上如所有的
晚上
苞米在村庄背后
轻摇晃
我站在门口等我的情人
他穿过一间厕所几间农房
一直走到
苞米地中央
月亮照着我
和手掰苞米的情人

此刻村里没别的人
城市的声音远在百步之遥
我看见情人冷静的双手
在月光中
是怎样　掀开
苞米的内衣
使夜晚的苞米从里至外
有一种难言的金黄
我顺着月亮眺望
情人正怀揣苞米
走出静静的村庄
我肯定首先是苞米开花的形状
打动了情人
让他掰开苞米
如同解我的口味
我返身进门
等脚步声和苞米的香气
洞穿我房门

我瞟一眼窗外月亮
它敏感的笑容
让我加倍警惕
情人上楼了
他怀揣五只青春的苞米
选择一只递到我手上
我看看这周身裸体的苞米
看看敏感的月亮
呀　我轻呼一声
在情人面前
把掰开的苞米
丢到地上

无能为力

第一件事
我刚知道的一只虎
前爪跛了
没有能耐抓捕更多的猎物
它悄悄躲了起来
你知道它曾经多么威风
身后跟着那些弱小
需要庇护的同类
它们到处去喊
藏在深处的它
可能流泪了

第二件事
我刚知道的一只羊
右乳坏了
没有弹性的样子
不再吸引公羊们注意
它没有躲藏
它把左乳也藏起来了
它曾经美好的乳房

就这样变成了回忆
可能
就是回忆

第三件事
我刚知道的一条狗
突然不想活了
没有来由地
想死
它整天想着死
看不见小狗汪汪叫
看不见那些热爱过的同类
热爱过的许多事情
如今都被伤害了
可能
就是伤害

第四件事
我刚知道的一只小老鼠
成了流浪汉
没有家没有幼崽
从这个城市逃到另外一个城市
自由的它孤独的它
离开得多么无奈
它依靠过的真实吗
可能
一晃就没有了

我还知道一匹马一头牛
一条蛇一条龙和一只鸡
一头猪一只兔和一只猴子
它们的事
它们的风花雪月
它们的悲情欢喜
它们的愁苦哀怨
它们渐行渐远不断地渐行渐远

我所知道的不仅仅是这些
还有更多
但都不是什么秘密

这个夏天
我知道了太多
无能为力

Chinese Poetry

2022
·
1

文康
作品

推荐语

文康的诗干净、利落、节俭，天生如此，清清白白的语言，多么自然。从日常中来，大家都知道，但回到日常中去，很多人不知道。这是文康写作中表达出的艺术观念——"到处都是洞，所有的人都漏下去了"，他想用"清白"的语言拷问：西昌的月亮、燕麦酒的坛子和时代的重任、人世间的沧桑相比，哪个更重要？文康的回答一定是——天气特别冷，绝望特别多。好诗人总是这样的，他想到了你我没有想到的东西。

小引

论评文康的诗歌会冒着一种想把它们归入到某种风格或流派，但事实上它们可能并不属于任何之一的风险。这种风险来源于我们的太想归类和文康的太不想归类。他的诗歌纯粹、干净甚至于绝对，宏大的慈悲和卑微的低吟与他无关，洞察一切的机智和笑看世间的谐谑也与他无关，他仅仅是以诗歌的方式述、说他可以入诗的一切，轻松，闲散，同时又洞穿，他的诗歌一如他的人，在某条街上的某间吧台背后，置身于现场之中却又永远疏离于现场之外。

林东林

在某种程度上，文康近似于那种在概念性上要大于文本的诗人，也就是说，比起普通人对于一首诗内容的关注而言，他更在乎对语言的实验和内容的外延扩张，也可以说，他更在乎的是对语言边界的不断试探。这种探索，有时我们称之为先锋。一种艺术方式的存在和发展，不可或缺的正是其中是否拥有这些敢于"先锋"的人，他们的存在正是所有艺术门类都有所发展的决定性因素。

艾先

文康是一位老练的诗人，或者说，他是一位练达的诗人。写作多年，无欲无求，却始终遵循着自我内心对"诗为何物"的理解来运笔，这种坚持其实更是他对现实生活的纠正，能让他活得更纯粹，更丰沛。很难从文康的写作中读到惊悚和惶惑，因为他关注的就是那些发生在日常生活里的琐事，他的痛点和快感都源自个人的生存经验，看似乏善可陈，当诗人娓娓道来时却又意犹未尽。平实，坚实，让人安心，这或许是诗歌的另外一种"大巧"——因日趋平淡而日趋悲壮。

张执浩

2022
.
1

Chinese Poetry

目　录

开卷诗人

004	贾薇　作品	004
030	文康　作品	030

诗选本

054	里所　起子　胡亮　德慧	054
073	黄沙子　井鸣睿　杨略　武帅	073
089	曹辉　向武华　王晓冰　咄　盛兴	089
109	清越　苏宁　黄秋　黄定海	109
127	程世平　严彬　林水文　凸凹	127
142	张俊璐　余怒	142

诗歌地理

157	鲁若迪基　诗选	157
166	马绍玺　把山头含在嘴里的诗人	166
173	华楠　诗选	173
182	林东林　把一闪留住	182

杨碧薇专栏

190	诗性的困境和尝试	190

草树专栏

198	如何测听一首诗	198

除了我脚下那一块
到处都是洞
所有的人都漏下去了

喊　天

多数时候
喊出来的天
跟天
没有关系
是因为
惊诧和震惊
而我作为一个
这样的人
生活在这样一个地方
我基本每天
都在喊天
但我从未把天
喊出来
一次也没有

端着一杯咖啡我想些什么

这是一杯咖啡
这杯咖啡是我
刚磨出来的
我喜欢很烫的时候喝
咖啡使人兴奋
我是要兴奋
还是要温暖
在冬天
在整个冬天
特别今天
我喝着咖啡

首先是想要温暖
外面下着莫名其妙的雪
我说莫名其妙
是因为
雪在空中是雪
落到地上就不是了
楼下卖肉的声音
两天没有叫了
不知他哪儿去了
他那些没有卖完的肉
怎么办
天气一冷
我就会想到很多绝望
而今年天气特别冷
绝望
也特别多

悲伤的日子

昨天是个
悲伤的日子
我仿佛听到
有人唱
我不能带走
你的悲伤
昨天的悲伤
让我第一次意识到
悲伤一旦太久了
就是空的
我还意识到
悲伤有正反两面
正面是悲伤
反面
也是

贾薇
作品

推荐语

贾薇一直在写某种与云南的地貌、风物和生活相匹配的诗歌，而且她始终坚持用一种声调来讲述自己的精神生活，二十多年几乎没有任何改变，总给人以人世尽头、天荒地老之感。不温不火、不疾不徐的语言节奏，来自诗人对生活的自在又自如的把控力，她的声线并不繁复，甚至多少显得有点单调，但丝毫不影响诗意的传递效果，犹如高原明亮的日光在物体上的折射，而引发的光斑跳荡，令人恍惚，眩晕。长期游离于诗坛，却不影响她存在的独特性，这样的诗人是令人尊重的。

张执浩

我一直觉得，要把诗写得"硬朗"和"开阔"，是汉语写作中一个莫名的趣味性误区，似乎许多人觉得，这样更方便传世——但是，诗为什么一定要这样写呢？在我们一拥而上、山呼海啸的时候，总应该有些独特、自我的声音吧，它完全可以自足、圆满，且稀缺难得，它从汉语中来，也必将回到汉语中去。二十多年前，贾薇的写作就给了我这样的经验和感慨。从月光下的苞米地，午后阳光下微微生暖的臀部，到盛夏之味道、新疆之棉花，她在语言和画面之间，找到了转换的节奏——轻柔、缓慢，又不缺乏铿锵之心。上游下雨，下游河涨，诗人能够独享的，就是一种在暗处的欢乐。

小引

贾薇是个需要读者去耐心倾听的诗人。在她细致冷静的语言风格下，作者自身的情感和价值判断几乎全部被淹没甚至隔绝在作者对细节的琐碎描写中，所以只有具备耐性和高度敏感的读者，才能从这些琐碎细节里感知到作者的意图和真情实感。这不是那种一抒胸臆或者淋漓尽致的阅读体验，而是细密绵长的沉浸式阅读体验。在这个速食化的时代，这样的作者以及这样的作者所培养出来的阅读者，无疑都是珍贵而又难得的。

艾先

贾薇的每首诗歌都有一个视角，俯视的、仰视的、平视的、内视的、外视的，等等。沿着这些视角跟随她进入日常生活现场，站在她设定好的那个支点或者奇点上，你会发现诗歌具备了一种装置的结构，光影从那些结构中渗进来，在你面前呈现出一种立体环绕之境。那是语言的同时也是超越语言的，那是画面的同时也是超越画面的，诗歌在她那里等于艺术或者就是艺术——艺术不需要意义，不需要被理解，只需要被看到被接受，然后哑口无言。

林东林

穿着碎花衣裳
腰肢细柔
（是不是）我其实
有个姐姐
她可能是
姐姐
这两个字
也可能是那个
背影

右　侧

她在他房子
背后
他从楼下
走到她那儿
不到五十步
这两年他们一次
也没遇到过
她也可能看到过他
这样的概率很高
他想象不出
她看到他时
是一种什么样的眼神
他应该也看到过她
起码看到过她的
背影
背影容易忽略
特别是两年没见
如果她穿的
又是以前没有穿过的衣服
晚上他躺在床上
他习惯右侧
那正是她那个方向
他总觉得

她就在身旁
其实不是这样
这时他们的距离
根本不是五十
也不是五十乘以多少
高低的空间
好几堵厚墙
根本穿不过去

我没有生日

关于我的生日
我问过我妈几回
每次她说的
都不一样
第一次她说
好像是
掰包谷的时候
后来她又说
好像是
打谷子的时候

空　虚

寂寞
我有过
这基本是我的
常态
不知怎的
近来
空虚也来了
一直以来
我都不知道
什么叫空虚

蓝天
细雨
河流
我不能用更好的方式去感觉它们
我的感觉虽然没有颜色
但我是知道的
知道的我还是在暗处
悄悄地
弱小地
舒服着

我都是躲在暗处
即便暴露出我的一些舒服
也不会有人理睬
那些没有颜色的东西总是让人忽略的
即便我在暗处大叫
引来的只是和我一样
弱小的生命
我就躲在离光线几厘米的地方
悄悄快慰着
不快慰的时候我也悄悄无聊着
你觉得我的叫声有点放浪
也不会有谁关注
不会的

这是我一生热爱的
我觉得无比自由的
一种在暗处的快乐

15岁

15岁那年
我在盐津的
砾石路上跑步
天不太亮

云雾很大
有一种　湿气
前面跑着一个
名叫张兵的男孩
他边跑　边回头张望
砾石路两旁长满漆树
我15岁的身体
轻松得
要飞起来一样

张兵突然转身
站在路中央　结结巴巴说
我　我想
我们　一起　跑
我们跑了一段路
停在漆树边上
张兵紧张
我也紧张
他说
借作文给我看看
我没有说话
有些　大失所望
我转身往回跑
张兵停在漆树边上
我跑回家发现

深蓝色裤管上
扎满了
漆树边上的芒刺

盛夏的河水

先看到顺水漂下来很多枝叶
一会儿被水冲到左岸
一会儿被水冲到右岸

都在这几天
说出来了
这是要一整列火车
才运得过来的话
可是
我没有听到火车
的声音
也没有看到火车
每天一起床
这些声音就已经
塞满我的房子
我的房子
也就能装下
一车厢
其余的
装满了房子外面

扫不干净

我住在一间
怎么也扫不干净的
屋里
昨天才扫干净
今天又扫出一堆
就是刚刚扫过
又立即去扫
也是
这就是说
每隔几分钟
我就要扫一次地
我每天的事情
就是扫地
我想到多年后
我和上帝
可能有这样一番对话

上帝：
你的一生
都做了些什么
我：
扫地
上帝：
哦，你是清洁工
我：
不是。是我那间屋子
怎么扫
也扫不干净

一个红薯

它冷硬地躺着
火离得远
它刚刚感觉得到
一点点热
所以很长时间
它都没有变热
也没有变熟
还是一个冷硬的
生红薯
不知过了多久
可能时间的确太长
也可能是火
变大了
还可能是它与火的距离
近了
红薯
慢慢热起来
先是皮
后又热到里面
然后烫起来
开始变软

身后不远不近的地方
不知道在哪里
却依稀能辨别
好像薰衣草
又像迷迭香
只是它们的气味都太时尚
而始终萦绕也最熟悉的
就是雨一直在下
下了那么几天或者几个月
丝丝潮湿
会布满屋里的所有木制家具
根本看不见样子
却闻得到气味
轻悠悠的跟刚坏掉的水果一个味道
湿气的触感有时候有棱有角
摸到木头摸到布匹摸到墙
有形有味湿漉漉的
每年那么几次
每次持续几天
然后一过七月
基本上就不会有了

盛夏的室外气味馥郁
不管不顾藏在
路边的草丛里
青瓦的屋顶上
绵绵的雨声中
晕晕的阳光下

只是千万不要
走近那些蓝色的有味道的大喇叭花
因为它们
是曼陀罗

那个地方
我的思绪
总跑到那儿去
每次跑到那儿
天上都有
一片云

二十四小时

女儿今天
要在天上飞
二十四小时
她飞得很快
九百多公里的时速
我却觉得
她是在一寸一寸地移动
从凌晨三点
到现在
还没有走出
一尺远

阳　光

刚进来的时候
它像一面窗帘
挂在窗户上
随后铺在地上和我身上
它显然是从挂在
窗上的那片阳光上
揭下来的一层
很薄
像绸缎
绸缎铺在身上
再轻再薄

还是可以触摸到
阳光触摸不到
只能感觉到它
铺在地上和身上

我仔细观察
这么薄的阳光
实际上有很多层
可以一层一层地
揭下来

松　子

应该有两千多粒吧
这两斤多松子
我每晚
边看书
边嗑
大概几粒中
就有一粒是苦的
每吃到一粒苦的
我就想起
那天那个妇人
她坐在街边路口的
寒风中
守着这点松子
怀里抱着一个婴孩
婴孩和她
都很黑

我算了一下
我把她的这两斤多松子
嗑完
估计会吃到四百粒
苦的

每吃到一粒苦的
我就会看到
寒风中
她抱着婴孩
坐在街边的路口
这样的画面
会在我眼前出现
四百次

母　亲

现在我只能
通过想象
放电影那样去
想象母亲的
每一天
母亲现在已经把
每天的事
减到最少
就是吃和睡
早上很早她就起来了
如果妹妹晚一步到
她就会烧一锅开水
就这样守着
那锅千翻万滚的水
等着里面煮出来
饭和菜
很多时候
刚吃了饭
她又去煮饭了
不是她饿了
也不是她有多吃得
她只是因为
现在只记得一件事
就是吃饭

她还记得的
另外一件事
是睡觉
但这件事
她常常忘记
有时下午四点
她就上床了
有时晚上八九点十点
才想得起

卖辣椒

小时候
奶奶带我
去县城卖辣椒
那时不叫摆地摊
叫赶自由市场
从我的老家马道子
走十几里山路
进了县城
我们背篼里的辣椒
红了半条街
县城里的人
第一句话就问
是马道子的吗

过了响午
辣椒还没有卖完
奶奶指着斜对面的
国营食堂
对我说
你长大了要去当驾驶员
当了驾驶员
可以吃炒猪肝
奶奶咽了一口口水

拿出一个饭团
给了我一半

听母亲说死

这些年
母亲说起死的次数
我记不清了
从她老开始
就一直在说
死又死不掉
病又多
这是前些年她常说的
最近两年
她的身体状况更差了
她反倒说得少了
偶尔说起
跟以前也大不相同
她说
要死的时候
脑壳闭起
说不出话来
就死了

诗选本

Selection

里所　起子　胡亮　德慧
黄沙子　井鸣睿　杨略　武帅
曹辉　向武华　王晓冰　咄　盛兴
清越　苏宁　黄秋　黄定海
程世平　严彬　林水文　凸凹
张俊璐　余怒

里所 的诗
Li Suo

那时我们是真需要彼此

我们站在屋檐下
看姑姑家刚生产过的小母狗
瘦瘦却舒展地
卧在干草窝里
失去所有孩子后
她正慈爱地
奶着一只
饿晕了的流浪猫
这对跨越物种的母与子
奇妙地相拥在一起
回家路上紧紧
牵着手的我们
手心都出了汗
那天我们是真的
需要彼此

果 子

梦见变成一颗果子
挂在他左耳垂
果核是我的眼睛
被纤维状情绪
蒙蔽在发酵的果汁里
嫉妒结成坚硬的果皮
欲望像只贪吃的鸟

一整夜
在我身上打洞啄食
越吃越胖

合　欢

树荫跟着太阳
不停移动
我和妈妈换了三个地方
终于还是坐到了
姥姥晕倒再也没能醒来的
那条长椅上
那是在小广场北侧
两棵合欢树中间
妈妈简单描述了
初春的那个下午
她几点到的
医生是蹲在哪个位置进行抢救的
接着我们聊了更多她的生活
和我的生活
广场上飞跑的小孩
像一条条泥鳅
滑进日光的海中
妈妈说道如果等我
有了孩子
我朝她旁边坐了坐
我们左边因此有了更多位置
就像姥姥和我的孩子
都坐在了那里

我妹妹说灵魂不需要身体

他不时发来问候
叮嘱她吃饭
所有相亲对象中
他是最平和的一个
在钢管厂工作
不善言辞但真心可见

有次他们吃了羊肉
我妹妹说羊肉好吃
不久他便说再去吃羊肉
有次天冷他大着胆子
问她是不是手冷
然后轻轻拉了她一下
她看见他少了三根手指
三根还是两根
她说反正我不在意
我妹妹说灵魂不需要身体

火星漫步

用恢宏的音乐
缩小爱情
学习古画里的人
藏在浩渺山水中
像只躲雨的蚂蚁
看风吹皱水面
鱼鳞状的光扩散着胀满河道
在拥挤的地铁
模拟人类第一次登陆火星的
视频节目中
宇航员的右脚正要触到
奶油曲奇般的火星地表时
该死的
又感到你的手
触着我的手

打　夯

又听见有什么人
在我身体里打夯
厚重的锤头
敲着我曾吃下的刺、冰碴
玻璃碎片
直到我变成一块锋利
又坚硬的平面

底 片

夜里三点还有雨声
五点也有
黑暗中雨水下在一张底片上
我不停往后退
想找到更大的广角
拍下全部雨珠

芒 果

来自很远的南方
你就爱那遥远
我长成在极远的西部小城
你就爱我
当你去了更远的世界
我才爱你

活着的人
必须持续流淌金色的液体
直到彻底干瘪

我已被最远的界限
钉成干燥的标本
水分被死灵吸收
只剩下扁平的果核
偶尔恢复芒果的形态

当餐盘满溢
你可以温柔地享用了

信

来信是
美术馆里的一幅画
乍看像一排排草履虫
我读出思念的古老形态
细胞裂变出蓬勃的原始欲望

回信是
夕阳落满回春的水面
金色斑点在3.9倍焦距下跳跃
亲近如萤火虫遥远如宇宙星云
我寄去春分日的白昼与黑夜等长

起子 的诗
Qi Zi

盲 道

我走在盲道上
假装闭着眼
跟着凸起的地砖走
走着走着
盲道消失了
前面是一个十字路口
我想也许这是一个广场
穿过马路
我继续踩着盲道走
盲道笔直
一直通到一条河边
被护栏截断
我走过去扶着护栏
看着流淌的河水
心想
也许这是一个幼儿园

河

十几岁的堂哥
从桥上一跃而下
一个猛子扎进河里
很久都没有露出水面
我父亲着急地
也跳进河

但他在水下没有摸到人
当他换了气再下去
我的堂哥从很远处的河面
露出脑袋和一条胳膊
手里抓着一只河蚌
堂哥和我父亲
如今已经绝交了十多年
他们都憋着一口气

横穿马路的民工

十几个民工
穿着工作服
有几个戴着安全帽
有几个没戴
五六个已经冲到了
中间的隔离带
四五个
还在路中间小跑
跑在最后的
个子矮小
看起来很狼狈
一边跑一边做着鬼脸
还有三四个
来不及跑
就被行驶的汽车
挡在了路边
他们冲
隔离带中的同伴
咧着嘴笑

凤　凰

排队等待接种疫苗
后面几个女孩
叽叽喳喳
有说有笑
像一群欢快的鸟

等我打完针出来
遇到其中一位
用棉签摁着左臂
她的胳膊上
文了一只凤凰
针刚好打在翅膀上
后来我去留观室
找位置坐下
发现这只凤凰
就停在旁边
它依附的手臂
偶尔转动
我看到手腕内侧
有两道
只有割腕才会留下的
暗红刀疤

河 流

昨天我们
坐在一条河边
喝酒
这曾经是条繁忙的河
最忙的时候是
农民把稻谷运出来
去交公粮
全堵在了这儿
其中包括我们家的
也许是因为穷
也许因为堵
从来没听人称赞
这河是美的
现在河不再担负
运输的功能
成为风景
我们坐在它边上喝酒
一晚上都不见
有船划过

脚的成长史

那时我总想
拥有一双好一点的鞋
可我爸却一直
说我的脚还会长大
买贵的鞋
过不了多久就穿不下
那就浪费了
我的脚后来不长了
而我爸说再等等
它还会长大
直到后来我工作了
给自己买了一双鞋
这也是一双
算不上好的鞋
但至少
我的脚真的不再长了

白　羊

在榆林
我曾看到过有人
在路边杀一只羊
喉管已经割开
一把尖刀
扔在一边
那只白羊侧躺着
羊头被杀羊的托着
血正在从它的脖子
淌出来
滴在一只塑料盆里
这只羊还活着
但没有挣扎
没有惨叫
它的眼睛睁开着
静静地看着前方
有时眨一下眼
看不出恐惧

似乎只是在等待
这种安静
让我只想到了
用"温顺"来描述它

一天的结束

黄昏时
我听到一个小男孩
在楼下声嘶力竭
几近绝望地
大叫
"我不要！
我不要！
……"
不知道他到底不要什么
我以为会出现的
大人的声音
也没有出现
后来他不叫了
夜幕已经垂了下来
窗外异常安静
不管他不要什么
看来已经接受了
然后他在午夜
跑到我的书桌前
写下了这首诗

胡亮 的诗
Hu Liang

非 李（致母亲）

妈妈，你的老年手机只存有四个电话号码，
而我的智能手机却存有一千四百
八十三个电话号码。我将得到什么？
星星，橘子，橘子里面甜得过分
的一瓣雷管，还是涪江的一网细浪？
我已经缚住了内心的猛虎。妈妈，
多么好，我也不是李长吉。
还能有什么大事？妈妈，
除了今天早点儿回家，
除了陪你打一场笨拙的扑克牌？

无 休

四天算不算是阔别呢？今天我徒步上班，
发现银杏加速变黄，而水杉
开始变红。是谁调配着红黄两种颜料，
就是谁让小诗冒出了白发。
我驻足于涪江之畔，在永恒中小憩了
两分钟，然后就匆匆赶赴一个会议室。

枯 叶（致灰娃）

你邮来了一册诗集，里面夹了一片枯叶。
这片枯叶如同卡车，

领着一棵树,一座山,
一种延安式的清白,一种北欧
乡村式的质朴,前来参与了对我的拥抱。
这片枯叶的网状脉已经清晰得
比任何蝴蝶都更加接近真理,比任何
真理都更加接近美。
亲爱的奶奶,在这个快要下雪的冬天,
我是多么平静地接受了你
对这册诗集的命名:"不要玫瑰"……

围 城

两只刺猬,从一开始就没有吮到棒棒糖,
而试图用舌头,
怀柔那遍体竹签。
而在郊外古战场,无数刺猬备好了云梯。

半 枯

秋风吹落了我的心脏,我却在小叶桉、刺槐
和香椿之中找到了无穷的替换物。
园林工人穿着蓝色劳动服,
拿着电锯,
拎着石灰桶。
在一棵被锯去了树冠的白杨的根部,
我发现了我一直羞于认领的半枯的
正义感。认领得还不够,
放弃得也不够!我将与群树
一起进入这个节约用水的冬天。

无 论

推土机磕到花岗石的牙齿,顿时停了
下来,如同我们终于谈到痛苦。
那就扭过头去看看吧——
涪江一头撞上猫儿洲,就像燕子尾部
那样轻易地分成了两爿。

一爿无悲，
一爿无喜。
而在猫儿洲尾部，我们很快就会听到
两爿柔性剪刀的抵掌谈。野鸭子
随波上下，就像"有"和"无"之间的逗号。

化 身

我娶了坐过火车的芒果，初中的黄金的芒果，
多汁而快活呻吟的芒果，
有雀斑的卷发的芒果，更多汁的菠萝，
戴银手镯的猕猴桃，娶了满挂着
水果的热带，丢了发卡的热带。
这么多种水果，其实呢，
只是一个芒果。这个芒果带给我万千
口感。必须封锁最新的消息，嘘——
从这个芒果里面又长出了一株灯笼柿！

香 贼

将来我们一定会想起这场毛毛雨，它在
热脸上钤下的湿点，就像异见一般
若有若无。将来我们一定会想起这个
不断后缩的小山村，油菜花鸣啭，
鸟叫金黄，"要是
有太阳就好了"。而在无事的小山脚，
一丛荑荽开出了一堆白色繁星，
义务地，把这个下午照耀成初夜。
那还等什么？快去偷芫荽啊
偷芫荽——
芫荽又叫香菜，太阳又叫拥抱。

四 月

苦荬菜开出了黄色花朵，泥胡菜则开出了
紫色花朵。我们漫步于荒郊，
逐渐填平了泥胡菜和苦荬菜之间的深壑。

两具微躯，又有何求？
除了不在心外采撷一束紫色花朵，
也不在心外采撷一束黄色花朵。
而在这个小村庄的低空——
一条高速公路，百折不挠，伸入了未知。

五里溪（致吕德安）

麂子再也不来这里饮水，小溪里的鱼儿
也快要绝迹。自你建成这座山中别墅，
北峰就向福州缓慢移动。
你捡起了锯子，或柴刀，退入林间。
肉桂，紫薇，蜡梅，黄杨木，银杏，
罗汉松……每棵树都乐于为你修枝，
为我修枝。你引我坐上一块巨石，
"正好忘了写诗。"
不过半个下午，青苔爬上了我的双臂。

杜 甫

收网了。几十尾鲂鱼误闯了绵州刺史
杜济的餐桌。杜甫当场脱尽银鳞，
永失波涛。
时在公元七百六十二年八月。
有多少鲂鱼就有多少
途穷的汉语，有多少诗人就有多少
怒放出血丝的鲙片。
只有身外涪江不舍昼夜——
绵州的下游就是梓州，
梓州的下游就是遂州和合州。

六 月

苜蓿花特别擅长紫色，而微型蓝蜻蜓
则精通短暂。几米外的小河
反复练习着清澈，以便娴熟地
洗去我的双颊的土尘。

紫色像微澜那样悦耳，而短暂像锦鸡
那样将最长的尾翎也缩回了灌木丛。
我特别擅长转动群山，而你则精通蔚蓝。

德慧 的诗
De Hui

七七的睫毛

手推开镜子
眼睛不想经由第三者
照见属于它的睫毛
天那头滑来一片凤凰状的云
点燃晚霞拉起寂静的夕阳烧成一片
蜂鸟翅膀的尖尖画出晚风细浪
睫毛影子的重量
落在映照着火光的矢车菊蓝眼珠上

所 有

松鼠从松树的相思里长出来
像几只乱摸的小手
黄老的松针和树梢上的白雪簌簌直掉
你不顾一切
爱得偿所愿
只留下光秃秃的树干
不见了松鼠

辣

小姨妈种的辣椒
从乡村土地流到城市厨房
在水槽里

像十六岁的少女发光
洗完少女的胴体
我的手着火了
我的手摸了眼睛嘴巴鼻子和耳朵
我的脸着火了
眼睛碰到了膝盖
鼻子碰到了手肘
耳朵碰到了肩膀
全身着火了
我爬上房顶
把火涂在屋脊上
夏日的烈阳怕被辣灼伤
把视线转向别处

居　所

我的身体
不是我的身体
我的灵魂
也不是我的灵魂

天上的星宿
地上的泥土
因缘聚合
几十载

神殿中
供奉着神祇
灵魂像一只小雀
栖居

意识庄严地供奉
清洁
饮食
锻炼
衣饰装点
音乐环绕
艺术填充

灵魂
在神殿里唱起歌

双胞胎
不同的灵魂
外观一致的
神殿

居于神殿
像选择被困在时间的藩篱
无法看见其他辈子
别人的神殿
也只能看看外观

交流思想
照见你我神殿的内部
看见和被看见
灵魂一同唱起了歌

晨钟鸣日暮落
冬雪去春花尽
神殿里住着一个个供奉者
所有人
独自沉默

一　半

野鸭几只，深深浅浅
飘落洱海，零零碎碎
落在它们的影子上，又踩着影子起跳
蓝绿色湖面，浅金色光，水晶踏碎
涟漪生出缕缕水声
一条条新的浅蓝推开一片片老的深蓝
蓝与蓝之间，灰紫绿的底
底上一抹往事编织的笑，拨动苍山上绛色的云
还有一根时间收藏的泪，翻开吟游歌者的谱夹
歌声像发光的丝带伸向水草，水草半推半就着
穿上了水晶做的舞裙

预定休止符

前三十年
在数据里打转
后三十年
祈求诗与画
解救干枯的心、僵硬的脊背
一只狮子
笨拙地掉进天堂鸟群里
将休止符定在六十岁
是一种才华未尽就赴死的贪心
如果没有一丁点才气
尽完了义务
何苦浪费资源
不如将这空气与水
泼予那生下来就会跳舞
来自天堂的鸟儿们

黄沙子 的诗
Huang Shazi

比 赛

道路越来越泥泞,穿着胶鞋的脚
不停地打滑,我们需要奋力拔出一只
靠另外一只脚支撑着才能前行
但我们很快活,因为这场春天的
大雨持续了很长时间终于停住
我跟孩子们比赛谁走得更快
看谁能够更早到达墓地
已经有蜜蜂从树林飞到油菜花田
它们也像我们一样迫不及待
想要在空气中占据更多的领土
我带来祭奠的黄纸有些掉落到路上
很快被打湿后再不能使用
索性留下它们以至于看上去
像是有意这样用来给回程一个指引
孩子们终于赶在我前面赢得胜利
他们欢呼着开始追逐草丛里的昆虫
我注意到墓地周围模糊的足迹
它应该是我去年留下的

麻 将

孩子们不可能从共和国的版图上
清晰地划分出哪些省份更寒冷
哪些省份适合与灾难共处,像沙漠
总在大风的吹动下变换形状

变着法子让我们找不出回去的道路
所以孩子们将每一个城市都当作弹簧
那些潮汐般迁移的人群被他们
当作弹簧上失去方向只剩下重量的玩具
晚上,张博九教我们玩日本麻将
引导一个愉快的周日夜晚
我们差点忘记他在上海
而在武汉,每天的主要任务
就是琢磨怎么做出像样的食物
相隔一千里的两个城市都在嗡嗡作响
我们在电脑前岿然不动,正襟危坐
每过一个小时,弹簧的弹性就减弱一分

火　车

孩子们并不清楚永恒的意义
在他们看来,只要他们
能够到达的地方所有人都能够到达
有那么多火车可以乘坐,而我们
只有书架上的书用来生火
孩子们因此面临选择的难题
童话书里动物太多,烧起来会有
难闻的焦臭,巴尔扎克又过于严肃
他的书更适合建造巴士底监狱
要不我们先烧历史书吧,他们说
那蓬松、善于变化的玩意拥有易燃体质
孩子们的判断让房间迅速温暖起来
我在他们有意避开的日记本里
看到瑟瑟发抖的自己,我向他们请求
当我老得不能动弹时,孩子们
要用恰当的方式解放我的身体
那是我能到达的最远的地方,那些书里
烧掉的地方我死后都要去一次

错　觉

夜晚的房子看起来比白天小一些
但坟墓看起来变得要高大一些

我不知道该怎么向孩子们讲清这个道理
只好归于光线折射和内心的幽暗面积
好在孩子们很快就睡着了
我转身向守候在门外的大人们
交代第二天的工作,要准备足够的
食物和工具去巡视堤坝
以免连日的大雨毁掉我们的生活
这里聚集了村子里所有劳力
在黑暗中却保持着奇妙的安静
母亲则留在家中,她们压抑的哭声
即使隔着墙壁也能被我们听见
我不知道是否这不能释放的悲伤
加重了对眼前事物的错觉,我看见
那黑暗中不断放大的阴影和一个
被病痛折磨着的孩子为了安慰我们
正拼命忍住不出声作出的努力

哺乳动物学

将灾难描写成哺乳动物
远没有将哺乳动物
描写成灾难那么轻松
孩子们分不清两者之间的异同
他们说有一只檐老鼠既不是鸟[1]
也不是野兽和昆虫,它带着翅膀
深夜活动,用乳汁喂养孩子
却无法加入任何一支队伍
这是中学课本里讲到的故事
孩子们因此为哺乳动物感到不安
深恐人类也会遭遇此类困境
我们生存的大部分技能包括飞行和
给同类治疗伤口都来自对动物的模仿
但除了自己,尚无任何一只鸟
愿意接受我们作为同伙
因而在灾难来临时
唯一的安慰只能是母亲的乳汁

---

[1] 檐老鼠:方言,指蝙蝠。

沉默学

哑巴也在说话,这不是一个秘密,
他发出的声音在传出嘴巴前
去了别的地方。

他只愿意说话给一个人听,
向这个人讲述生活里的布达拉宫。

这个人可能是在他说话之前
就已经离开身体的自己,
也可能他对面的每一个人
都在想着别的事。

这么多年来哑巴坚持沉默的
习惯实在是让人敬佩。
他像居住在布达拉宫屋顶的一只鸡,
哪怕偶然发出一个声音,
将再也无法回到石头的宫殿。

猴子的进化学

花粉细小是为了便于蝴蝶传播,
猴子长着两颗心又是为了什么。

一颗长在人类身上,
说是失散多年的兄弟,
一颗用来支撑自己在山林里跳跃。

这个秘密一直深藏猴子心底,
因为他清楚地狱是确实存在的。

另外一个秘密是蝴蝶不知道的,
它们没有想到每一粒花粉中
都有一副细小骨殖。

这是自然赠予保守秘密者的特殊礼物,
一场群体死亡造就另外的生命,
一颗拒绝进化的心脏
保存着人类最后的圣地。

恍　惚

当一座房子很久没有人居住
人类活动的痕迹消失
长满苔藓,楼梯生出根须
天花板的裂缝化作墙体的一部分
仿佛灾难已自然而然地找到路径逃逸
只留下一只兔子做了世界的主人

兔子沉浸于追逐那些灼灼发亮的光点
独立于外界的时间在此跳跃不止
显然兔子有兔子的恍惚原则
当它打开一瓶酒,准备大肆吞吃空气
房子的旧主人突然出现
藏在瓶子里很久终于得见天日

她左手持矛,右手抱着孩子
和从前一样慢慢升到空中,继续上升
在屋顶盘旋然后飞向柯尔山顶
这就是我要向你讲述的故事
作为来访者,我在柯尔山看到的这一幕
和你在墓地的碑文上读到的毫无二致

井鸣睿 的诗
Jing Mingrui

静物

（一）
静物有弹性延伸需要参照物。
每天皱着眉尽量使我看不出变化。

（二）
每天静物皱眉尽量一滴，
一会，又一滴。先睡觉。
分开这群
小撮烟草以便醒时享用。

百灵

（一）
鸣叫针对清晨小羽毛者有奇效，
人类就很遗憾（第三者）
笨拙借助床头粗制鸟巢，
腕上微型翅状针械。

（二）
口哨鸟因小雨随机而富有弹性；
可能是呼朋唤友或其他集体活动。
它们也体会不到我的猜测，
就这样保持物种间的隔阂与尊重。

（三）
保持一次耳谈（有别于手谈）
它有它的闹意，我有我的呼吸。

在某处

那些雨水在天上长出来
原本离土很远
一些事物顷刻间
开始颠倒

在某处
我下面是伞
伞下面
是支离破碎

杨略 的诗
Yang Lue

属于破损

最初是声音的,后来是手的
距离在改变,漆黑包括破损。
碎了的扔掉,未碎的说不清楚。
午夜崎岖,梦境周围布满
醒来的裂缝,不知道在第几条
重新做人。行至荒废的工地
水泥安静已有一世纪之久
挖掘机,它依旧黄色,缓慢。
遗落在今天、眼下。
像是要飘起来的纸。

颜 色

三角形长叶子
思想灵活起来
白色形体进一步
边沿面粉拍拍落入水中
造型之手。裂开如何是
好,好看,粉桃花
折去拜妈祖了

女儿走过去闻闻
鼻子碰得很黄,蒲公英
折下插头上
妈妈站在浅显处

抓着鱼尾，反向刮鳞。
面孔剩下
三分之一
颜色，新鲜的

涟漪

你躺在床上
我坐着地板
一种纯黑的涟漪
没有连接，但影响了
我们的本质。我坐着
缝着些什么
线绕过自己，有别于
无为与纠缠，夏天的明亮
一定会被敏感的人看在眼里：
不要虚空的对白
沉默的大面积阴凉
促使她拿起签字笔
把涟漪画成一丛黑树。

自语和苦海

过时日记，黑并
沉没。记忆材料
心脏越过，黎明的艾草
血色在于亲自品尝。

细绒承受灰白，风声稳定
"来，食"，茶几前父母
守着开水，不停清洗茶杯
在后园的时间内。

废弃小路，另一个世界观
这里孩子还未碰过露水
这里苦海
沙子被界限
刻意保存

苜 蓿

如果哆嗦发生在过去
沿途的攀登抹掉了台阶
我感到很滑，连续
进入软弱的路程
苜蓿，慢慢堆高
那些无人的认识
细微不安并
引导我的
幻觉
褪色图纸上
没法成形的花蕾
它们溢出边缘
混合着维生素K
飘浮在头顶
你是其中一颗
像死亡静止被紫外线分解

二月二

龙在咳嗽，他发胖，不知道
闭环作用会有今天这样的日子。
时针是短的，他不在乎
酸豆角掉落豆子在盘子里
是最后几粒。一根弯曲的头发
无声往墙角移动，去和灰尘汇合
狄金森把龙推开，像是无法忍受
一部动画片，虾、迷你特工队。
呼吸被封住，白色时刻的土腥味
不能说是食肉者必然。清水从龙头
冲出，洗刷一片有悔的鳞

雨 点

有个木桩，腐烂
正好是事实。雨点
在天上寻找实体，白云

一个无定的轮廓
很快降落地面

另外的木桩,敲打另外的卵石
在理性中显现。梦幻位于
永恒的大裂缝。各种孩子
走到人群里融合
在旁边活着,使用各种工具。

榕　城

姜花白白死去。街上吃什么
失去颜色的天使,也失去
天福路。我在蛀空的房间
看冰。(这是你的明月)
耳线,绕过太阳穴
树叶完美推开,灰鸟
跳过年轮。

神来到梦里告诉你
妈祖庙里的心脏,坏了。
姜花死在你头顶
你一早就不见。

美　人

在夜鸟告别的洞口
停着一根羽毛
大叶榕遮住了
向下的脸
我倚在花岗岩石柱上
背后有一小段冰凉
银色收录机的磁带
两个轮子缓缓同步:
"美人呀美得让人爱
不知你从哪里来"

白　露

珍珠鸟啄我的心
小尖嘴落在羽毛里

沙尘停顿，软风贴在瓜叶
花托不放心，上面裂开
大块黄色。猫的呜咽从腹中传来
没人破坏它的光线
果实延伸到
恐惧卷刃的中午
我掰下一角药片
喂这生病的鸟。

武帅 的诗
Wu Shuai

鱼的眼睛有话要说

我就坐着
看着湖面
好像水底有坠入情网的人
正看着我一样
但他们显得比我要冷静
比波动的水草要沉默
浮动的云层和摆动的丛林
它们之间的暗语我早已提不起兴趣
再远点的飞鸟
在我的余光之外
它们是最极简的修辞之一
一次次飞过我们的记忆
跟车窗外的雨刷一样并无差异
你说它们是生命
有时候我不信
我反复思考
我跟那些垂钓者有什么区别
他们每一次挥杆
都是人类古老基因的延续
期待平静中的惊喜
而我懒得思考欲望和目的的关系
我只关心水桶里鱼的眼睛有话要说
我只是止不住地坐下去
好像也不是为了期待一次日落黄昏
我想了很多遍
我可以脱掉鞋子

踩在荷叶下的泥潭里
用潮湿的泥土在脸上按上古老的印记
顺便用泥土重新塑造一个我
用双手捧着一抹湖水
去熄灭正在着火的岛屿
但我只是看着
没有丝毫行动
行动只不过是一道崭新的蜘蛛网
湖面似乎只有在起风或下雨的时候
才可以感觉到自己
我们捧着一张脸的时候
谁知道是不是捧的湖水
什么也说不准
洪水就要来了
湖面就要上涨了
岛屿终将消失

张　亮

中午我们三个
吃了张亮麻辣烫
我嘴里抱怨
方圆五公里没有咖啡厅
回到室内
你给我俩倒了
两杯茶
递到我面前的时候
你说这杯浓点
我说谢谢，我有个
小学同学叫张亮

金主任

他问我金主任在
哪间办公室？
我看了一眼走廊尽头
即将落下的太阳
并指向那边

第二间
西方属兑,五行属金。

要么今晚,要么永不

她看着
迎面而来的女孩
说,她们身上的味道好香
我才想起来她今天
也是喷了香水的,只是
每当提及香水
我都会回想起一款叫
Ce soir ou jamais的法国香水
以及喷过这款香水的那件连衣裙
还有那个夜晚,反复被告知
这款香水的中文译名:
要么今晚,要么永不

吸　管

她拿起桌子上
他使用过的吸管
咬起来
离发车时间越近
咬得就越狠
我站在灭烟柱旁
看着他们
撕起了烟头

文　身

手机小程序
点了杯美式咖啡
提前去店里等
只为打发某个无用的下午
人群中发现一枚脖颈
一对麋鹿的角

在发丝间若隐若现
而周围的绒毛还
算不上丛林
我忆起少年时代
手里常握的那支派克钢笔
笔筒上的箭标
这次她无路可逃
她的取餐码是313号
我是314号
好像是有点什么关系

她喝光了盆里一个春天的水

乡镇的动物园
只有一只公虎
和一头母狮
它们在各自的领域白日做梦
沿着十平方米的水泥地来回踱步
偶然闯入的甲壳虫和草蜢
让它们兴奋了一个下午
就像参加了一场久违的音乐会
公虎看见
树上的鱼、水中的鸟、空中的猴
都能产生好感
母狮看见
公虎昂扬的头颅和饱满的屁股
她喝光了盆里一个春天的水
再这样下去
迟早有一天它们会吃人

曹辉 的诗
Cao Hui

黑夜是陡峭的悬崖

黑夜是陡峭的悬崖
身体在跌落的摩擦中变得明亮

梦里的老虎,叼着落日
把玩着一团难以解开的线团

落叶,石头,庄稼……像高低不同的台阶
供太阳升起又落下,我将落在

露珠的弹簧上——一片叶子擎起的柔软
光芒,是我与世间存在的血缘关系

早　晨

早晨,太阳把群山赶进眼中
我有高大的影子
也有与之相对称的心事

野花循环播放着录制好的春天
落入水的鸟鸣
将被溪流汹涌的命运放大

天空,蔚蓝的工厂在铸造星辰
体内的拥堵
是一朵白云抛下的锚

我们等待着美好的发生

我们躺在草地上
地球是轻盈的,仿佛可以背起

野花带着黄金面具
望着太阳那个古老的遗址

在你目光中飞起的鸽群
是从骨头上抠取的白
是从月光里提炼的白

风筝悬在高处
它已知道白云酿造的故事
我们等待着美好的发生

镰　刀

曾是弹片的残骸
炸裂的巨响,与雷声平起平坐

经过炼炉里的烈火
铁锤的锻打,炼出慈悲的心

在磨刀石上缓慢滑行
有细小的爆炸,在刃上响起

痛饮井水,不违时令
锋芒,被一茬茬秸秆过滤

起锈的晚年,在墙角打坐
窗外的弯月像倒影

刺眼的白

抽出柳枝的白骨
做成笛,嘴里有微苦的血腥

钓鱼人还没有收获

水晕空白的表盘里
死亡是闪现的刻度

一个人，不用担心
死亡会是一门失传的技艺

要经过几十场雪过滤
提炼出刺眼的白
像身体与土地焊接的闪光

从这土地长出的植物
体内都有一个安静的魂魄
都可以入药

天上的云

天上的云是一个巨兽的皮囊
软软的，无数次联想着怎么去抚摸它
用轻轻的指尖，撩出它的鼾声
我们这些被粘在地球上的物种
无法做自由落体运动

雄鹰从云朵的间隙分泌出来
遗传了锐利的基因
如同太阳这个令人畏惧的兽眼
每天从东到西，巡视天下

云层里有一张看不见的嘴
吃掉无数的人间幻想
吐出雨水、雪花和彩虹
再用一条闪电剔牙

树在踢球

鸟儿飞来飞去，是树在踢球
蔚蓝的天空如草坪
有挑射有远射，激烈的比赛人类缺席
倦鸟归巢，犹如一场点球大战
丛林世界杯在暮色中结束

向武华 的诗
Xiang Wuhua

五只白头鹎

一根槐树枝上站着五只
白头鹎，这种情形时常发生在清晨
或傍晚。她们挤在一块，不鸣叫
不扇动翅膀，安静得像五朵槐花
这让我想到早年的农村生活
一群孩子挤在一条长凳上坐着
等待喜宴开席。大人们也会挤在一条
长凳上，他们等待的是冬天结束
阳光照满了河流，他们才会一一离开
每个人起身，都会提醒其他人
"坐稳了。"不像现在一个人单独
坐在椅子上，起身或坐下
都空荡荡的。一根树枝落光了花朵

暮春公园

树木宛如有了怀孕之身，光亮又沉重
阳光也一天天灼人，只有到了傍晚
阴影硕大，游人增加，尤其是礼拜日
久不出房门的中风老人，让年轻女人
推着轮椅，来到公园的观涛台
她需要和煦的春风，还是沉默的远眺？
而另一个年轻妈妈也推着婴儿车过来
她们像四朵花，在同一根黑色的树枝上
有的鲜艳如火，有的花蒂已焦

我看到的又如此深不可测，老人有了热爱之心
婴儿由于不满，在尖声啼哭

渡河村

到了五月，容易瞌睡
那么多小虫飞来飞去
倚床看着手机，小睡了一会儿
被一阵出葬的锣鼓声吵醒
死亡热闹，华丽
让活着的人倍感寂寥
当我开着车盘山而上
经过水库边的渡河村
安静，充满梦境的山地
不知身在何处
让我想到某一天中午
突然惊醒，看到远处
一只黑水鸡拍着翅膀蹿起
有人走过湖边
但不显露身影

啁 啾

一颗夏天午后的雨粒
那么饱满，那么明亮
像成熟的思想
缓缓地，掉下来
滴落在屋檐下的水缸里
吧嗒一声，空谷回响
纵然是下午，贪睡的人醒过来
幸运地听到了一只画眉的叫声
仿佛是早晨，一只木门
面向遥远的田野，吱扭一下敞开
幽禁多时的落日，终于可以
从云的暗室里走出来。江面宽阔
栀子花的香气带着河水上涨
正是一声啁啾
解开了船绳

吊车与鲜花

我惊诧过
在江畔，一辆红色的吊车斜拉着
一只小铁船，落日的光线像绷紧的绳缆
那一刻，不知为什么
我很想画一幅画，画布上
一辆巨大的吊车吊着一朵细小的野花
我们一直伸长着脖子
望着那朵不断吊高的小鲜花
空中形成的深渊，可以帮助我
忘记那只打捞起来的小铁船

深夜诗

我想靠着一棵树睡一会儿
我也想靠着湖地睡一会儿
或者靠着船栏杆睡一会儿
当然，最好的情况是
能靠着你的长发睡一会儿
世界会变得雪花一样安静
有人会用河水诵经，有人会
记起第一次看到长江时的情境
多么辽阔，处处有旅馆
疲惫了就可以好好睡一觉

竹　蛉

果园到了深秋，灰藜、稗草开始疯长
很多小径被淹没，再也没有采摘柑橘的喧哗声
在倒塌的豆架上，南瓜藤继续开花
不过再没有人期望它结果实
我们再次来到这里，仅仅是为了找一种
神仙一样的昆虫，她叫竹蛉
她喜欢在安静的地方鸣叫，节奏缓慢
但清脆有力，像古筝的弦上一下一下拨出的
空旷幽远之声。深秋的果园，这是另一种果实
结得更隐秘，充满诱惑

我甚至把竹蛉当作了垸里淹死的那个小女孩
那么柔弱,那么纤小
死后才长出的翅膀,薄如轻纱
死后,一切会变得这么美好
这是灵魂的果实吗?在荒芜的果园
为什么让我感到亲近,又感到窒息?

月见草

我拍了冷杉林里幽深小路的照片
但我没有拍荷塘村边的月见草
我拍不了月见草,她是我此时的困惑
我对她一无所知。就像此时深夜
无法入睡,我没有什么事想做
只想写一首诗,可是并不能如我所愿
顺利地写出一首诗
我又能做什么?夜色进一步加深
回想来路,那些熟悉的人变得陌生
他们站在一丛月见草边
淡化了所有的表情。我由于
拥有热情的眼睛,显得更加孤独

王晓冰 的诗
Wang Xiaobing

份　额

我是老狗Seven的百分之百
妹妹的二分之一
爸妈的三分之一
女儿的四分之一
同事的百分之一
上帝的亿万分之一

分数线
从童年开始
把分子与分母
永远地隔开

有一种爱
没有分数线
要么零
要么全部

手　相

握住拳头的时候
别人看到你手背上的
平原、山峰、河流
唯有我，
唯有我，熟悉你松开的掌心
凹凸不平的盆地丘陵，和

每一条被困住的道路

只欢喜,手的自由,
手的空
像现在,这样

兜

太看重
所以太踌躇

我修改写下的文字
翻来覆去

确认发送的一刻
又改回
初稿

这多像我们的一生
无论兜过多大的圈子
被修改过多少遍
终究,要回到原处

我们,是被上帝看重的孩子

必　须

大屏幕在滚动播出公益广告
只有一幅是我喜欢的
无法定格画面
因为无法定格时间

为了再看一眼想要看的
我耐住性子
站着看完所有无趣的图片

就像抵达目的地之前
必须经停一个又一个

途中的站台

就像最亲切的面孔之前
隔着一张又一张
无感的脸

与此同时

二宝开始扎牙了
流着涎水

老狗Seven的门牙脱落了
不知掉在何处

大宝开始识字了
太外婆记账时困在了"糖"字

一个同事的爱人脑出血昏迷
另一个同事的孩子因认生大哭

蚕蛾临死前一丝不苟地产卵
少女在人流室外等待叫号

一群人涌出地铁
更多的人挤进来

原老总走了
新老总来了

你抬起头来
我低下头去

父亲节

没带收据
墓地管理员搬出十几本生死册
一行行小字
像地图上的河流,密密麻麻,深深浅浅,歪歪扭扭

终于，找到了爸的名字和我的电话
心跳阵阵

一小块密集里的空隙（白），用荒芜
为主人贺寿
我虚望着疯长的蒿草
爸爸掏出电话本
一笔一画写下左右两侧墓碑上的人名：
这是我和你妈的邻居，
将来要串门，问路，下棋

地　　图

出发之地，亦是抵达之地。
每天，我都要在自己的地图上
兜上一圈儿
依次经过不同色彩标注的区域
那是活着的功课

"进入就是一切"
晨间，我恣意穿行
绿色的森林，藕色的荷塘，红色的花海
现在，我的窗外
鲜艳已被过滤
剩下青的瓦、白的烟、灰的雾

更大的卫星地图显示
我已成功翻越冻硬的冰川、雪山
一点点迫近辽阔的江河、湖泊、草原

地图之外
新的时间正在长出透明的彩翼

领　　地

坡势越陡，越安全
这里是你的领地

我从贝壳里挣脱
顺着风跑
你用闪电
点燃极度干燥的稀树草原

柳杉林里，
你在树叶下、树干上
摩擦你的眶下腺
留下气味标记
再用膨胀身躯的方式
宣示边界
这里是你的领地

爱，有时候
要用捍卫的凶猛程度来测量
更多的时候，
这里更像宁和又温暖的庙宇
开满绷紧再松开的玻璃海绵

白天
我们越长越像
夜晚
我们从不走散
人生如戏
我们，卖力地扮演
大自然分派的角色
忠实于命运隐秘的剧本

谁拥有脂肪和坚果
谁就能扛过严寒
在你的领地上
春夏已成追忆
只剩短秋与长冬的更迭

骰子已经掷出
时间，从来不肯放慢脚步
在你的领地上
你一次又一次，把我
先救活，再毒翻

咄 的诗
Duo

终究只一首

1月3日当晚忽然想写一首诗
想写2020年的第一首诗
还想为这一年到来后
没有写诗的那些日子
各写一首诗
总共也就三首诗吧
想来也不是很难
歪在低矮的床上
想到一生中没有写诗的那些日子
很想为每一个空白的日子
写一首诗而在黑暗中
又想到我出生前的日日夜夜
很多个日日夜夜
很想为它们也都
各自写上一首诗
在寓言里
要装满整个屋子
最好的办法是
点起一盏灯
我想到还可以
唱起一首歌
用光和音
迅速充盈一个空间
而要充盈过去、未来那长长的岁月
一座石垒的建筑
远远比不上一首好诗

只是我写不出那样一首好诗
于是斜倚在黑夜中的我
点亮一个4英寸的手机屏幕
仅仅照亮了自己的圆脸
然后又按下了锁屏键

我和武汉

1947年前后
我爷爷在上海
开了一家小店
叫"武昌文具店"
也可能是"武錩文具店"
大约1956年公私合营

这大概是
我和武汉
不多的一点联系

在关于我爷爷的回忆中
此外还有那么一年
他从重庆坐船而下
或许曾在长江上
眺望三镇

鸟　迹

相信的人都停下了脚步
不信的人瞄一眼木牌
继续往前走
我是半信不信的人
沿着观鸟长廊
从那些相信的人身后
从那些支起相机镜头
深信不疑的人身后
慢慢走过
直到一只翠鸟在
信人们的

惊呼声中
从枝头坠入水面又
迅速弹入蓝天
我终于也停下脚步
成为一名信人

朝一暮二

第一个水蜜桃
有一点过去没尝到过的酸
甜中的一点点酸
让人停不下来
于是削了第二个
第二个是黄桃
想象中的那种甜
咬上去软脆适中
吃完之后没有
再想要去削第三个
第三个也是最后一个
傍晚时一共只买了三个桃
买的时候也没想过要吃多久
剩下最后一个
放进冰箱
在冷藏室柔和的灯光下
桃子的红
桃子的白
红白皮上的绒毛
被表皮遮盖的桃肉
被果肉包裹的桃核
一同温顺地进入一种冷静

这最后一个也是水蜜桃

年轻的队伍走在我们前面

年轻的队伍走在前面
夏老师和我们
不要再羡慕

不要再嫉妒
也不要再愤恨或
如痴烂醉我们
就散漫地走在
他们的后面
就在下一个
任意的街角转身
落伍而去

清　明

堵在去扫墓的路上
车里的人都很着急
只有爷爷奶奶不着急
他们在墓里安静地等我们

晨　跑

我经过的树木也是你经过的树木
是所有第三人称经过的树木
是一片树林或者
一棵棵的行道树
一棵一棵的树木
是我的呼吸
是我的一呼一吸
是我的步伐
是我的一步一颠
是我的日夜
是我的一分一秒

直立人

光阴不等人
听起来好像
光阴在走
我也在走
或者光阴在跑

我也在跑
还是它
渐渐远去
而我已经
气喘吁吁
弯腰站在原处
没法指望它回来

包豪斯

我也想为大家读一些诗
可以读上四五首
缓慢
但也不用太缓慢
带有生的旋律
也不妨透出一些
死亡的悠长
为了更像诗
每一句都应该带着
若有若无的呼吸
但吸气声很重要啊
对台下的听众而言
它在每一句句子前
响起就好像是
电脑键盘上敲出的分行而分行
本身就很重要吧

盛兴 的诗
Sheng Xing

一个雪后的晴天

中午12:30
单位旁的操场上
他的妻子在饭后和男同事散步
他们这样散步
已保持了两年有余
有时会有其他同事加入进来
有时没有
有一次他驱车经过那里
他看到了散步的妻子和男同事
那是一个雪后的晴天
在操场的背阴处
那个男人指着地上的积雪
应该是在提示旁边的妻子
注意别滑倒
妻子报以谢意式的微笑
他略一减速即一驰而过
生活就该是这般恬淡才好
妻子睡眠安宁
还不至于被别人偷走她的梦

小城之梦

小城里的商场九点关门
驱赶人的办法便是把扶手电梯停掉
逼着人们走楼梯

抱着孩子的人
搂着肩膀的情侣
提着大包小包的男女
无声地沿着昏暗的楼梯往下走
这多像是小城之梦啊

秋天的哀愁

吧嗒吧嗒吧嗒吧嗒
秋天之后
有点听腻了高跟鞋的声音
那来自旁边工位的四个女人
食堂里的饭菜也吃腻了
有点想吃
高跟鞋杵的米糊
有点想喝
高跟鞋盛的红酒

接送孩子的老奶奶

少年搀扶着他八十多岁的奶奶
去街头的英语学习班
他和奶奶挥手说拜拜
这就算是"送下"
在学习班门口的石凳上
坐两个小时
少年下课出来又搀扶着
八十多岁的奶奶回家
这就算是"接上"
不过看起来
还真有种比青壮年接送孩子
更安全的感觉

不再抱有希望

孩子们由小变大
由奶声奶气到瓮声瓮气

由0.4米到1米87
有一天
不再抱有希望
知道他已经成熟了
也终有一天
躺在床上
他们俯下身
把耳朵凑到你的嘴边
身上散出一股
果实
浓重的腐烂味

明 灯

听说女孩找了男朋友
忍住没问什么
天一亮
就问身边人
"那男的哪儿人？
在哪儿上班？
父母是干什么的？"
逐条得到回答之后
心中明灯
悉数灭掉
再次回到
俗世的黑暗里

清越 的诗
Qing Yue

不醒梦

我们千里迢迢赶来
考核一所精神医院
傍晚抵达时,
他们刚刚围坐。

围坐成亲密的弧线
他们互相看望着
虚妄斗兽场

无人写得出斗兽场的形状
原始的叫喊自胸膛汹涌
而出时,像笑一样容易

观众也是兽　人群中分明是
空白的。他们望向彼此
拥抱和依偎,像笑一样容易

世上,存在日复一日的快乐吗?

药物沉重　屋顶沉重
日子装进洁白

还能有什么令沉重飘浮
除了梦境——
那只肥硕的气球

在装置展成为装置

没有陶土，黏土也可以
爱与松弛禁锢在裂痕底下
身体干涸。每想开一次，
足够生出一根细纹

虚构扁平的躯干——扁平的
头颅和手臂
瓶子，瓶子
关于流放与等待的容器

没有黏土，折纸也可以
立在那里，本分地
成为一件装置
在某个时刻同阳光生发价值

想来纯粹，洁白，偶尔布满颗粒
刚好留作形容词来歌颂人间
中指或许也可以，在柔软的河岸
游走，捡拾被裁去翅膀的
鸟的影
关于黑夜的记忆暂且不表
还有星星——
星星也不过是手指抹去的细痣
那个夜晚不让你看见的，
摘下来别在发尾

后来，你总想起关于鸡蛋的比喻
打破与被打破的空间主义
低头看腹部长长的裂痕
默不作声

二手商店

以为隐匿在巷子深处
便不会被发现贩卖的秘密
过期的怜悯　褪色的鞋子
长出苜蓿花的毛呢帽

人们穿过折叠的时间
用缺页的体面交换体面
你忽然想到河流，宽容的词语

独居者的复调

晨时与昏时没有分别
一月与十一月　彳亍与踱步
白夜与交响　爱与重叠
写在同一顶无色无味的巷口
打开单曲循环的按键
你向自己转发了一张黄昏

膝上的乌托邦

写诗的时候，猫咪趴在膝头。
它无法忍受文字的衰老与缓慢。
静止，回想，挪用时间。

那只柔软而暧昧的肉垫，
学会了纯真至失焦的口吻。
它写的诗，留下整行"目"字。

鸽　子

我找寻她们时
诗人也在桃树底下

去年我读他的诗。空旷地
比喻一只三十五岁的鸽子

遥远相遇，我们面目模糊
略微想象对方举起的手臂

指间蹼张开黑灰和褚白
——落在地上的中年的颜色

然而谁也没有举起手臂
或许是出于羞赧、自矜和不忍

三十五岁的诗人路过
去年的桃树。我仍在找寻她们

无声歌

那终究不是遗落在梦里的
柔软，泛白，绒毛编织着忧虑
我穿着姐姐的睡衣，躺在纸页上
蓝色棉布画满绵羊

它们怅然四顾，无声地向我摇晃
脑袋，排列吟游人的队伍
有时，方形与圆形互相碰撞
有时，化身骆驼和年轻的母亲

在离开姐姐的橘花林里
我们唱过长夜、白鸟和归来的草地

苏宁 的诗
Su Ning

二十四分之一

黑夜涌来，但被一张绿窗纱挡住

我小小的榆木书桌，旧籍不足百册
册册经过我挑选。
我唯一对此思思量量而不觉耗费时间

坐在它们旁边的时候
是我缓慢地在人世生着根须的时候

每周整理次序
——我爱的是某一个人曾经活着，死了仍以一本书来与我相见
迷恋那一种字句的组合
我被它单纯地陪伴
——被可依赖的、必需的事物陪伴着
平衡掉内心的疲惫

唯这一刻我伸手即触到光芒

很好的一生

房间很小，偶尔外出旅行
七天中有五天早起并焦虑衣食
养育着一个幼儿，他在我身边及学校中长大

此生并无其他要事。

既如婚姻，也不复杂

"你将有很好的一生，天空经常蔚蓝
正午的热，下雪时的冷
黄昏的静"

时间被很多能替代并节省人工的创造延长

"惮于被人所知，被嘲笑的部分是你我间共同的空白
被你单方面定义"

即使过得不快乐，也弯下身说：很感激

子若不返

那年八岁，放学回家的途中被一辆卡车撞到
她再没有回家。
同事家人向我述说四十年前的一件旧事：
"姑姑依旧活着，小女孩是小我一岁的表妹
当时和我一起住在祖母家。"

"我想象她中年的样子
生育儿女，穿油污的衣衫走过菜场
或者她远去他乡，我多了一个人可以探望，但要坐很久的车。"

死亡是什么？去那的人从不传消息回来
它是一种隔绝。

置一件屏风隔开的事物都是小的、碎的
死亡隔开的事物，细细一想，也是小的、碎的
彼此无碍地互通着消息的人，通的消息也都不是大事

她去了，就去了。他转述姑姑的话
"有二三十年，姑姑仍住原来的街巷
每天黄昏去走走小女儿放学的路"

"她不回来，我可以去她那。"
"子若不返，应许我往之。"

在死亡那存了一个亲人的人
都走在与亲人会合的路上

过来人

这一条路走向安息吗?
太阳陨落之日
我也要萧萧地、炽热地、冰凉地陪它陨落

经历中的某个寂静与此相似

向你要过一个唯一的午后
在数次更改过名称的街道
请你指认自然之相,时间附形于何物、何事?

一个未来的人
一个过去的人
一个眼前的人
我不能说,我怀抱过

大地——你尽可任性抽取一个我的细节名全部之我
但你需向我取确认。

看到两岸,我只能去一岸

雨偶尔落过心头
在海变辽阔之前

道别后的重逢一向不多
蹚过河流,看到两岸,我只能去一岸

走在雨里的时候
想过肩上的雨来自何处?反复到来,以霜露、冰雪
风里的湿润

我因此疑万物都是一个离开的亲人被反复赋形

终生不复重返之地

黄昏时，我总是难以面对一天的过去
新一天来临时，我也并不平静
——一个与我有距离又欲与我同行的人
彼此裹挟

这晨昏中一路的追随
奔跑中我来不及欢乐、思想

——眼前被我过掉的一天
我终生不复重返之地
它伤害着我，以爱我之名
它剥离着我之所有，并不还回

类似你称之为"吾乡"的那种事物

亲人啊，你看万物形异，然内核雷同
多么枯燥无趣，仿佛预告我不需同伴就可以走好一条路
一个人也可以过好一生

一棵石榴树

似乎已写过它一次，也是春天。
万木萧条时它是静寂的
即使最冷的季节，它身上也有一条会复活的命

它干枯，它落叶，它在我庭院小小的角落
有时像极了想将自己放弃

这时候，我只是一次次在它旁边的石阶上坐下
有话亦不知从何说起，日光静静
我们的头上，天空远远，云移动着淡淡的蓝

我没有悲伤过（我知道一切短暂）
我也少憧憬与欢喜（我一向善于节省情绪）

我眼前尚有一件小事要顾，我要去忙碌了
我被一件一件小事带得东零西落，而非时间

清明祭一个小女孩

这是你第几次从泥土里醒来
我也醒来了,亲人们都在
被同一时间段的太阳照耀
继续睡吧,请轻拍她继续睡

梨花开了,柳絮满城飞,仍是你之前看到的那样
我仍种着多年前的植物,不爱甜食和淡茶

几年前,更换了一只火炉煮水
很多人在路口烧纸钱,火光闪闪
火是密语的一种方式,黄纸经过火是疼痛再次经过心

火熄了——如同我被你听到
我想给你的,被你拿走了
我对你说语句:
我经历的,你不需经历

年年与你单独共有此刻
我去过那——高高的山冈上只有一颗月亮
它想完整地、额外地照我
它不需我说出看到它我是多么感激

曾因浅薄的孤独而忧郁的时刻
令我羞愧

天气又转暖了
夜风轻轻吹
这是哪里?远方是哪里?

星星陪伴着大地
大地生出树木
一点点地生长,朝向它
我也有一条举步维艰之路

黄秋 的诗
Huang Qiu

牧羊人

跟在羊群的后面,他更像一只
灰色的牧羊犬
起伏的山岚被踩在脚下
一声口哨,再也唤不回跑青的日子

喀拉达拉不会拒绝一场雪
告别的早晨,牧羊人
用雪点灯
在戈壁滩上,排兵布阵
晾晒散乱的爱情

当风声高过视野,他已经
说不出繁华
在那些野花铺展的山坳里
还有他放飞的蜻蜓:颤动的翅膀
像薄纱一样通透
一个转身
就消失得无影无踪

额尔齐斯河记得你最初的温情

在这里,乡音被鸟鸣点燃
比如你的初恋
比如散落在山路上的鼓点

从黎明开始,我们沿着小镇
一路向北
原始森林有蛮荒之力
这里的繁华和荒芜被一分为二
你的小秘密,又该如何破解

只有可可托海是不够的,礁石沉默
我记得你最初的温情
远行的阿妈
还在凛冽的风中行走
我们会依次路过夜色中的小店
空旷的校园和落雪的黎明

在街角互换饰物
我们用目光取暖。只是额尔齐斯河
不肯停下来,而那些在深山里
挖采雪莲的人
多么像你,有隐忍的小脾气
从不发作,也从不声张
像春天的风
轻轻吹过

无数的雪落进手心

路上多风景,可我不会
乱了方寸,我们只在小镇上握手
偶尔放马,在小店里对饮
你的胸口有燃烧的火,一杯酒里
隐藏着不能说出的秘密

青河小镇的雪,像会飞的动词
我们在小巷里散步
不再和陌生的人打招呼
和雪花互称姐妹

那个冬日的午后,乌云占据了天空
小贩还在沿街叫卖
独轮车上装载他全部的财富
渐远的背影,像一出喜剧

而你，再次跑进雪里
寻找传说中那座蓝色的寺庙
漫天的蝴蝶，落于手心
开出一朵朵禅意的莲

天山以北

天山以北，花期被一拖再拖
驼铃声不会被欲望掩埋
只是再也喊不回
远方的游子
遇见的事物，像落叶
飘呀飘
在天黑之前
争吵的人握手言和

雪莲开在夜半的梦里，每一朵
都楚楚动人
一群跋涉的骆驼彼此取暖
在黎明到来之前
抵达我们的村庄

一段旧时光，在来路上铺陈
虚拟的白手帕
却保留着你，最初的体温
天山以北，我们继续牧马
辩论一场大雪的辽阔
也吟唱，那些潦草的歌谣

喊一声桃花

喊一声桃花，只有那个
叫桃花的女孩
回头。她忧伤的眼神
仿佛天山巨大的背影

胡杨林辽阔，"一个人
绝对是另一个人的海市蜃楼"

风起时，吐鲁番的葡萄"噼啪"落地
我们都有相似的故事

桃花开了又谢，巧合着你
未知的归期
喊一声桃花，昆仑山回以响亮的余音
像流水
洗净门前的小路
让更多的孩子手牵着手
依次经过

十月深处，野草略低于村庄
那个叫桃花的女孩
正手持画笔，在宣纸上
写下自己的名字

黄定海 的诗
Huang Dinghai

穿城而过

地平线已确立于
水位的上升暂停之处
这个城市在江面上
被太阳光晃动
凝结白云朵朵
可变的重量一个浮起
另一个就会坠落
一个之上被另一个
垂直地水平推进
被编组着被训练着
飒爽声音
它们爆裂成水
没有了顾忌
汇聚涌出
铺开
抚摸一条穿城而过的江

分身之光

一只风筝起飞在我的影子上
欢喜乘着风的兴趣
让时间与我纠缠在一起
似乎并没有什么谕示
转眼日头高升
原本在阳光下拉长的影子

渐渐地缩成一个黑黑的原点
我把我的风筝放飞了
这时候风会带来夏天的味道
黄昏时满树的叶子
在我的手上牵引出星星
我的航程达标了
回家听一听
被风一再推开的云朵
而遗失之后的风筝
还挂着我和自己的关系
天亮了就会再出场

铜人雕像

这个城市在他眼中格局大
大广场用铜人像来纪念他
忠实的倾听者除了两旁树林
还有不可复制的影子
人流穿过并且集合
已经穿过已经集合
广场中每个人都会顺着
他用手臂指向的事物望去
被一种令人震惊的幸福
突然特别地标记着
新的时间被打开
有只鸟儿在他肩膀上
一个叫声接着一个叫声叫醒了
给天使看的风景

夏日合影

这样风吹进你的手机屏
把黄昏刷成一圈光晕
还是担心不被关注

只好逐个辨识并发出邀请
想走进阳光的殿堂
忙前忙后仿佛在补缀天空

一张脸在追寻闪光灯
另一张脸却在闭眼
你正对镜头朗诵自己的诗篇

是谁教授灿烂辉煌的天
要它成为充满疑问的像素
每一张相片都是未丰满的翅膀

这个季节适合飞翔
翅膀一定要在笑脸中扑扇
你看大家去了又来

过　路

走路是一件浪漫的事
到拥挤人群中
嗅嗅最原始的呼吸

这群行人都很清楚
你正对他们投以关注
相中的人个个透着一道屏风

擦肩而过
撞得阳光意外纯粹
匆匆一瞥
留下过于肤浅的涂鸦
下一个街口
用肢体缝补城市的皮囊

天空在移动缩小
哪些身影和哪些声音
被关进窗口远去
一辆洒水车缓缓驶来
会把过路的日子
清洗得干干净净

突然一袭长裙
诱惑风传送她的芬芳
却是断断续续的模样

路口亮起红色信号灯
你最美的事成为一朵玫瑰
玫瑰厌倦了人的叹息

看见一棵树的成长

手在寂寞里向上一翻
手又握住了树叶

有路可循时
月亮总在我的右边
这棵树总用叶子羡慕
我的窗户
我要把值得注目的事物
投向这棵树上成长
我的舞台就是叶子了
构思春夏秋冬
只有一阵风的时间
担心记忆被抹去
只好向下扎根入土
一棵大树可以落叶
我的家在这里早已生根
我抬头望着蔚蓝的天空
鸟儿会飞来吗
不管会不会
这是个多么美的愿望啊

这棵树在我的生活中走过
只想快活撑满天空

写封信

把自己写进一封信
直到云的那端也不转弯
快落下来的夕阳
深夜里会长出一束阳光

他最近睡得不好
漫漫长夜被分成了
总是醒来的许多细碎片断
排列成了云朵的模样

走进很久以前一个抽屉里
还有那枚邮票上的花

看 山

我从来没有去过西藏
自然也没有看过西藏的山
原先告诉自己
有机会一定要去看看
后来想想
觉得还是暂时不去的好
不如留一个念想
让它在脑海中奔腾
这样一来
我就乘上我的白马
便可以把一切可能美好光景
都想象为去西藏的转山路上

程世平 的诗
Cheng Shiping

第七天

第七天,突然起了风暴
大海迅速耸立
我在青岛,观摩大海与蓝天
交相辉映的日子
就此结束。早晨五点
拖着黑色行旅箱
赶往火车站
星星隐约,天空悄然更新
第八天,长路由此开始

热烈而又沉迷的沙子

我从鸣沙山
偷偷地带回几捧沙子
装进叫冰露的矿泉水瓶里
我把它放进书柜
和自然类的书籍立在一起
我还没想好,怎样安置
这瓶热烈而又沉迷的沙子
也许我该把它们倒进花盆
跟一丛凤尾竹结伴
只是我还未想好这样做的前景
像摇一瓶水,我晃荡这瓶沙子
然后,贴在耳朵上听

回　家

低沉
喃喃轻音
源于雪域高原
他们在塔尔寺
带着我们
一片片化雪
汩汩成溪，在殿中
清洌回旋
每个人接住了一朵
彼此遥远又晶莹
诵经声中，我许下愿
从这里出去
我愿和你一起
清瘦，婉转，沉静
初夏的阳光
跟随我们
指尖转动经筒
回江南的荷花园

三根甘蔗

太阳还没出来
三根紫皮甘蔗
光脚，站在一家水果店外
边街上，孩子们开始出门上学
石楠叶子哈着霜

兄　弟

右脚有老伤
怕冷，睡觉时
我给它穿只绒毛袜子
放进被窝里
左脚，也跟着套上
但允许它留在被子外
半夜冷

它自己会跑进去
有时，右脚
也会情不自禁溜出来
找到落单的左脚
蹭在一起

春　抱

猕猴桃园里来的土鸡蛋
挑出二十枚
要是能请一只害喜的母鸡
来抱窝，该有多好啊
一地的小绒球，叽叽喳喳
温热的草地，摇来踩去
我光着脚丫
在妈妈眼皮子底下
歪举着竹扫帚，追着蜻蜓跑

夏　夜

萤火虫是夏夜
怀有信仰的小虫
它飞在我回家的路上
它们喜欢月光地里
到处躲藏的孩子
这些曾在草堆上
崴过脚的孩子
去到城里，夏夜常常一个人
不肯回家
萤火虫歇在紫荆花上
顶着夜露一闪一闪

伟大的门前

原来这里禁止入内
我尚未获得邀请
伟大的拱形门前

只好停下来，转身
多么失望，心有不甘
空气似是见惯了
这样的理所当然
如今，我已渐老
还在大广场上踌躇
靠在汉白玉石柱上
余晖如众
我有一张二十年前的暂居证
灰色鸽子，从天穹回旋下来

长亭外

你看，古人只是起了几根柱子
风无壁可破。它们挂在
飞翘的亭角上，听琴声幽咽
不堪大用，所以简意
歇脚，登高，缓缓气
若是送别，当在山水转折处
酒已喝。苍山辽阔
长亭通透

严彬 的诗
Yan Bin

夏雨秋雨

天阴的时候下了一场雨
那些晴天忙碌的人得到召唤
从房子里走出来
拍了拍身上的尘土,杂物的气息
在阴天下雨的路上
陆续打起了伞
灰白色的地面由于雨水到来
泛着明亮的光,河里的鱼跳到路上
五颜六色的伞在路上睡莲那样开放
有人静默,呆呆立在伞下
说不出一句自己的话
便跟着旁边的人哼起歌儿
赞美这突如其来的雨——

太干燥了,已经等了很久
忙忙碌碌的人们在不知该做点什么
去打破沉闷生活的时候
及时雨老朋友般来了
杨树被打得沙沙响
银杏树等到了雨水,在膨胀
为果实吸收最后的金色
那场雨半天后结束
撑伞的人们至今仍留在路上
打起各自的伞
唱着相似的歌谣

天气又变热了
一个老人死去的消息随风而来
不久后有人看到纸花
有人闻到鞭炮爆炸的芒硝……
当痛哭声传来
又随着好久不见的送葬队伍消逝
有人想起在那场大雨中发生的事
（一场集体小说片断朗诵会）
烈日已经打碎云朵
将单人伞渐渐融化在路上

散场的时间终于到来
有人抖了抖脚
漫长的独幕剧宣告结束
街道被雨水清洗过
阳光重新让大地明亮
所有人心满意足回到家里
那场葬礼中掉队的
喜欢睡觉的青年
正在空无一人的马路上
追赶他死去埋葬在
大路尽头的爷爷。

梦

我在大鱼潜入水底、大雨来临之前
来到大路上，
雨落了下来。阴云密布的天空的家长们
因放出了他们全部成人的孩子而上升，
成为游荡者，一群真正的巨等。
在大路上，我看到大路消逝，
又见证它重新成为一条路，
车辙、撑伞人和淋雨人共同坚实的脚印
钉住路边，让它们清晰、模糊。

我在大树下避雨又淋雨，
成为一个坚定的孤僻者，
抓紧自己全部的器官，与自己共鸣；
我的双手紧握，在皮质书包表面，

维护着《十日谈》的干燥和纯净性:
沉默无言寂静的我啊!
在大雨和大路、车辆和路人的舞台剧中彻底地
正在消失的人。
我没有潘帕斯草原、牯岭街、浏阳河、金台西路……

大雨之夜疾病缠身,
冷风中因沉默而收缩,
第二日清晨意外击落四脚蛇。

"苦乐随风而逝,
你我背风行。"

关于忽必烈的传说

在大汗的生日宴上,
一万两千名男爵和武官穿着大汗赐予的长袍前来祝寿,
带来他们的礼物和谦卑。

现在请允许我转述马可·波罗对一件长袍的描述:

这些长袍与大汗的金袍颜色相同,
都是用金线银线织成,

就像他们经常佩戴的宝石和珍珠一样珍贵,
大约值一万金币——这可不是小数目。

而大汗每年要赐给一万两千名男爵和武官十三次长袍,
这样一来他们就会显得华贵。

在新城大都,
大汗常常和五万两千名宾客一同就餐;

除此之外,还有叫作巴克斯的巫师,
他们使用巫术将食物和礼物腾空挪到大汗眼前。

……这些还不是勇敢的冒险家马可·波罗在东方见到的全部。

林水文 的诗
Lin Shuiwen

仿佛就是这样

鱼笼晒得变形,像上岸的鱼
它渴望进入水里潜游
鱼进入它的肚子钻来钻去才让它激动
离天黑还有一小段时间
父亲忙完农事要到水沟里捉鱼
水沟里的鱼总是捉不完
父亲把一些大肚子的鱼放掉
再放掉一些更小的鱼儿
他不说什么大道理
暮色即将抹黑他的脸色
村子里许多人都像他这样
在日落之后到黑夜之间,有些事
仿佛就是这样

一些声音若有若无

天蒙蒙,一切在将明若暗的光阴里
最后的煤油灯灭了
窗户外,父母在一旁说话
路过的邻居说话,早起鸡犬说话
叽叽喳喳,树上的鸟鸣
我听不清他们在说什么
他们似乎在谈昨天留在地里的农活
或邻居借一把农具
随意说起他家的杂事

说话那么明亮，像温水浸泡我
虫鸣刚熄灭，我又躺在床上放心地睡去
当一觉醒来
他们都不在了，只有我躺在床上
晨风拍打窗户，像喝了几碗米酒
鸡咕咕地叫
我似乎触摸到人世一些东西

捕　梦

"时间对死亡而言是真实……"
这些年，梦告诉我
梦和现实是没有什么分别
黄粱一梦，白日梦
它们真实发生过，在时间另一面
像硬币翻过一面会丢失另一面
蝴蝶在叶间飞舞，一碰化形
雨珠在湿漉漉的树枝颤抖
像小时候玩过的弹珠
"你掌握做梦的技巧了吗？"
将不可能变成可能
多少黄昏苍茫时刻，老祖母这样说
她昏昏入睡，会有另一个村庄
夕阳吹拂着草木
遍布做梦的人，他们的秘密散布天空
他们都不互打招呼，直到梦醒
有些人学习到做梦的技巧
拼接，穿插，打破时间的秩序
会更深入，长久些
而技巧随时间辗转而失传
醒来的人更加孤独

一首回乡诗

从一条浸满雨水的村落开始？
还是从一块麻雀们争吵不已的稻田开始？
黄昏从村路拐弯抹角消失
他开始思考，将一些东西叙述到诗里
在叙述中会遇到暗流

可能来自无形，可能来自气流
文字不分卑鄙高尚势利
只有使用者和阅读者
暗藏的气息将会像夜色围困
漫长的村路展开，文字在白纸寻找落脚点
如同一年纷扬的雨水
有人建议他避重就轻，至于炊烟
一株株天然生成温暖的植物
奔走的鸡犬，比想象中人世间更热闹
黄昏是乡人描述游子不可想象的黄昏
雨水中挣扎的泥路
如一条上了旱地的泥鳅扭动身子
叽叽喳喳的麻雀四处集合又飞散
可能变成一群无法命名的乌鸦

不要问，坐什么车回来

待会让你坐上一辆车抵达目的地
一班闪亮红色尾灯的车错过了
若天色没晚，还不是最后一班车
等待着，南亚热带的雨水或阳光
让你落汤鸡般站立，突然想起
命运一词，故乡若即若离的敌意
一辆车缓缓地开出，不知拐过多少路口
像经过一个世纪兜兜转转
你站在路口，身边的含羞草
不小心一碰，一低一闭
熟悉的陌生人，该不该打一声招呼？
路人的目光过滤一遍又一遍
分出其中的异同再归类
茂盛的黑发伸出白发的触角
避雷针还是引雷针？乌云密布
雾霾，被远方者带回
路过孩子好奇地看着你，站在路口
一辆车过去，石颈长山雅塘
没有一辆是石岭，仿佛在打你的脸
让你无家可归，对着空气
纵深的街道隐藏着你的羞怯和胆怯
"不要去问一个远方回来的人
乘坐什么车回来"

凸凹 的诗
Tu Ao

纸上游泳诗

这些年,一直在游泳
把赘肉、失眠、腰颈椎,一些问题
一些光阴,投放在
成都东山一池恒温的水中
今天,周一,泳池换水清场,我决定
在纸上游。选择的是
人少、最好无人的泳道。一个来回五十米
蛙泳二十个,仰泳一个
蝶泳和自由泳,一个来,一个回
一生的粮食,与一千一百米
形成时空共和国最精良的生命等式
多年了,一直这样
用搭上老命的体能保持一种大姿态
用四种不同的小姿态,虚构
跟上时代的步伐与荣光
此刻,经验的身体,一会儿纸的正面
一会儿纸的背面,更多的时候
藏在纸的囚室憋着,忍气吞声
然后浮出水面,像什么也没发生
运气还好,就在我游不下去
险些成为沉没的葬词,一尾美人鱼
从字里行间游来
贴身超过我,出现在正前方
我紧紧跟随,十米后,放慢速度
任她消失于防水镜的迷雾
不管此种光景是一剂良药,还是一涡陷阱

多年了,总这样。总这样吗——
纸张泳道有纸张泳道的真理
发生学的笔画,不会一成不变?
每个泳者心里都清楚这个狗屁真理——
他们清楚地在水中瞎折腾

上船诗

连词是有向度的。譬如
码头作为连词,上船是一种向度
下船是另一种向度。邮轮在空茫中航行
破布片一样的翅膀,比乘客的呼吸
都慢。风从盐的内部吹来
让上船下船变得甜蜜、忧愁和复杂
那一天,我追船,苦作乐
那一天,她送我一张船票,自己却没上船
那一天,终于上了她的船
却又下了她的船。那一天
我被船驮到了终点,哪知她早已下船
我这一生,就是上船下船的一生——
在上船与下船错开的人流中
成为挨肩擦臂的错开。
这一天,一直在水底以进为退
展开大逃亡的我
看见一艘时代的巨轮,机器倒转
从未来向非未来驶去,而她
坐在驾驶舱,穿着比女公爵更浩荡的衣服
向天空一群灿烂的鱼影频频挥手
巨轮卷起的浪花的体香,瞬间将我裹挟

过午不食诗

刚写下这首诗的标题,手机
来了动静:晚上约饭。我想以过午不食
回之,再想,终觉不妥。除了佛陀——
四字,与四平八稳,还差欠着
一大半以上的行脚。而这首诗
走了再远,也还处于未完成时态

几年前，住美丰花苑的时代
我就过午不食过。就像早年的戒烟
每次都能轻松如愿。实在不愿
晚餐与畜生争食，消夜与鬼神同餐
——如果，我这样作答
组局者会不会将约饭
改成约架？而我身体的清规戒律
会不会遭到肥肠巨胃的黑客攻击
并被时间的大熊猫昼夜下蛊
今晚有鱼儿上钩，等了三千年了
终于有了合适的一款。美人鱼美，但
不一定适合我。兄弟，你懂的

上路诗

该上路了。上路的日头到了
不管上哪条路，都要跟亲人、故乡和
内心的秘密告别，都是我跟我的永别
时间与时间的背叛、割袍和
不再见。一个人一生只有两条路可走
说第三条路还在路上，纯属小说虚构
一个人一生要上很多次路
条条像鞭子。平顺，陡峭，宽窄
以及重复、逆转、突然，都是路
连酒窝、蝴蝶、伤口，也是。该上路了
上路的香烛到了。不管活多小年龄
多大岁数，每一次上路，都是
少年负气、老年深虑——都是理想国
把远方的路，扛送到面前
在上路的词典里
有人用前行上路，有人用后退上路
上路即上道、入道，即着道。一辈子
被路的河流放逐、捆缚、拥抱
是幸福的。幸福里有满满的对血缘的感恩
和仇恨。该上路了。上路的美酒到了
有一种上路，一生只有一次
这条路横竖都是竖，要么上天
要么下地。像回头路与断头路
不沟通，不和解，只求背道而驰

老死不相往来。也有另外的剧情
回头路就是断头路,只能一条路走到黑
但没有谁能把一条路走通顺
走到黑,正像没有谁能把一个造句
制造至完美。最痛苦的上路,不算上路
因为内衣里的建筑美学
从一开始就处于被动语态

病房诗

一座病房的心肝,住着很多病房
一个病人的身体,住着很多病人
这天,从一间病房到另一间病房
从一个病人到另一个病人
我看见病人拖着病房,那么多
在我身体的廊道进进出出。探病人的我
仿佛与暮秋交换了场地
我看见我的肾脏开始打雷,听见
腹部下霜。肉里的太平间
一个词在为另一个词做尸检
当我打通一亿万年的关节
终于回到春天,我发觉我的仁慈与诗歌
早已狼狈不堪,老得只能手语、吃流食了

最近的丹景诗

先是下雪,跟着下霜
在丹景山,却见到了突然的太阳
天上一个,地上一个
这是在龙泉山脉中部,最近的事
多年前,我见过龙门山脉的丹景
也见过张掖的丹景——前者因牡丹而红
后者因地貌而红——
但它们跟我身体里的纸张相比
红得那么远,就像天空的嘴唇
虚构的一笔描红
而最近的丹景,对,最近见到的丹景
离我的书房,只有三十六公里脚程

在我们这个蜀犬吠日的平原
所有的太阳都出自龙泉山脉
有多少太阳升起,就有多少丹景照拂
这是我清晨看见的景象:
太阳,如此安好、简单
如此上得时间的台面

张俊璐 的诗
Zhang Junlu

时间是营养集市

桌上空白的七十八页纸
没有故事显得无所事事
纱窗上分开站立的三只蚊子
被定义成爱无能
床单上四百平方厘米的彩色格子
等量划分爱情与政治的占比
路边上罗列着不劳而获的摄像仪器
记录着你爱他他爱她的不透明故事
跳脱融入经验之谈的旁观者
曾多次以造假或一言不发作为代价
消耗着精神灵敏度的主动行走
沙漏计时为二十九分六十三秒
时间是营养集市
还原着错失的饱满和耀眼的生活影像

爱欲之死

过时的爱的概念
推迟优化
举着火把烧掉复杂
斯文与安定回收氧气
时间和数据脱离体系
空洞置换饱满
从实体变成虚拟
老套取代革新

从有益变得无趣
爱欲排斥刚毅
总是与人为敌

序　言

失去律动的心电图
堆在黑色帽子边缘
数字1965立场模糊没了基础
投放酵母的情感穿梭在平房之间
燃烧的紧迫抢救有益的碎片
在预告时间前
心态接待了福岛男孩
光明藏在黑暗中
快乐与痛苦对称存在

自说自话

把得意忘形当作天性
被麻醉的界限回收风景
融入过往的经验
对悬置的故事绝口不提
化解的理由
是心出了问题
拒绝狭隘
罗生门也并非贬义
比起游客
我更像商人
学着弹性思考
及早理出结局

隔　离

不受外力的对称座椅
向路人展示着双份坚毅
涣散的心事重组结合
默认了悬空的某种分歧

缩减的快乐主义
停止排他
隐匿过往的复杂
发达的精神肌肉
放弃沉默
燃烧天真的想法

美好翻过高墙
像是与可怕打了一场架

某个时刻

假象覆盖瞳孔
失落推动预设
众所周知
纠葛依仗强势
使局内人费尽心思
沉默麻醉规则
让胜利者一无所获
掏出可恶的原始技能
逃脱古板
补足内置的经验之谈
推动浪漫

理智倒置

被动天使射杀伪装
短暂笨拙泄露线索
散发霉味的关系藏匿萎缩的日期
记忆力和问候语丧失生机
互不信任与分歧编织默契
卑微踩碎高尚
在脱缰的世界里理智倒置
强悍打了折

固执宽恕不再中立
巨人盾牌等待解体

余怒 的诗
Yu Nu

被改造

我被很多东西改造过,活到了五十岁。
"五十岁"是可感的,就像孤身从昨夜
漫步到今夜,穿过湿沙地,又穿过刚刚
冷却下来的柏油路面。裸足脚趾的感触。
直觉被改造过(对惊讶和预感的不间断修正),
为了获得一个绝对性。一或多。我看到、感到、
认识到。从邻居那里,从朋友那里获得的,都
得不到确认:远处回声的、口头模糊答复的、
少年的。弥留之际养老院的氛围,一种岑寂
单纯到幽蓝程度。低于0分贝。而疾病缠身中,
可感物体还是很多——站在屋顶上眺望火车;
坐在铁轨上面对火车;躺在火车里打量火车。
那些由树变幻组合的树林,走动却如被冻住
的牛群、耕者和行人。我们的视野(蛮荒中的、
无法完全穿透的整体力量)被改造,为了获得
一个逻辑(环状结构不会被意识到,不像其他结构),
持续地被表述出来:清醒地活到八十岁,孪童般。

旋转着行走

坐在旋转木马上,匀速转一圈,获得一系列
透视图。这么看世界,可能更真实。在雪地上
疾走,感受白茫茫;在小雨中慢跑,感受雨丝纤细。
"但最好能旋转。"是的,人类的行走方式本该是:
旋转着行走。它会使你的感受立体起来。归纳
各方位所见。(卷一个纸筒看流星。用左眼,然后

右眼。)那些山、山上的铁塔;公路上的车辆和
车上人;那些河、河上的船帆,一概可视为某种停留于
"表面"的东西——"此时此刻"的所属物。即现即逝。
你失去一根手指,夜里,在缺损的指间,你感知那根
手指(那儿,有一个对它的补充说明)。像年老的
白鹳,放弃树冠上的旧巢穴,在荒草乱石间筑起
新巢穴,改掉俯视俯冲的习性——我整日写作,错过了
许多赏心事。对小物什迷恋,收缩视野于室内,不再
关心周边的人和事。一次,在静静飞驰的高铁上,听
两个孩子大声争论,一个说"外星人存在",一个否定。
我移目他处,装作没在听。心里,我认为他们都对。

理想物种

总是试图说服别人,逞强之心依旧,不觉得
这么做徒劳又愚蠢。更糟的是,因文学熏陶,
学会了狡辩,凡事搪塞以"真理"和"不证
自明",自比"与自然相抗衡的跳蛛式灵敏"。
夏夜里,朋友们围绕某个话题,喝着酒,谈兴
正浓,你突然打断他们,引入一个新话题。全场
陷入静默。你停顿片刻,继续说着,以掩饰尴尬。
出于礼貌,他们听着。即使作为知觉的一端,他们
也难以完成一次借用似的躯壳转移(需要多次
授权)——你去体会某个人无力完成一件事时的
心境。"是文学教坏了我。"——可以这样诿过于文学。
"学宠物藏起爪子"。路过宠物店,看见店员在给
猫狗们剪趾甲,洗澡,梳烫毛发;进入水族馆,
看见海龟们划着鳍状足,一跃一跃地嬉戏于铁栅
和玻璃墙围起的人造沙滩,你若有所悟。它们都
称得上是"理想物种"。还有例子吗?所有爬行的、
动中寓静的、仅剩触觉的:没人在意它们是些什么。

文学论纲

美丽的街头女孩,穿着奇装异服,不顾
她的美丽。触摸某物时不够专注,触摸
自己时不够自知。(你了解色盲者的心理吗?)
跳着街舞,在结冰的下坡路上,她一晃一顿地
走着"蜘蛛步",瞧上去像个嗅足了檀香气味,一时

半会醒不过来的嗜睡者。看来她还反对我的诗。
令我想起我常用的那些措辞：灵魂、拯救、神圣、
责任、爱、意义（在一个专门的词语库中），现在我可
不敢随便用在哪个人的身上。唉，文学已如此不堪。
倘若文学只赞赏伪善，对待她以鄙视、忧惧和
哀其不争，那么就可以随手扔掉它。我为我的
诗人身份感到不安。啃食自己身上鳞片的穿山甲。
嗜好肥皂、洋葱和腐肉气味的仓鼠。性无能的新郎。
以前，我为乡野、山谷和山顶、某些动物植物
的很多自然声响写过诗。现在，独自坐在这里，
隔着数个房间，听着电锯刺耳的尖啸，我想为
电锯穿过这几个房间依次递减的震动而写一首。

思考论纲

傍晚，找一些事儿来思考。很明显，这是一种
姿态，明知自欺欺人，却改不了。思考？哼哼。
例如，在林中。树上，无法再划分的意义单位"一只
蚂蚁"跟着蚁群爬上爬下，它与经验"蚂蚁"在
体型和颜色上并无差异。经验的总和：蚂蚁、蜜蜂、
果蝇，及其幼虫，乃至树下的我们，都是一体的，
无法割裂来看。（请思考"……在……之上"与"……
在……之下"，有无类似肢体残缺者所产生的错觉？）
更多的时候，在纸上制定一个计划，然后让它在
纸上去实现。设想几方面困难、几处漏洞，确定
解决的步骤，最后画一个圆满句号。就好像真有
那么回事似的。有时兴起了，为马路上的环卫女工
设计一件鲜艳时尚的工作服（还是在纸上），代替她
的黄马甲——假设一个她骑着扫帚翩然而至的童话情境。
她的身旁，飙车党驰掠而过，积水四溅。摩托车
后座上张开臂膀呼喊的烂仔让人艳羡。你会生出
一把将他拉下来的冲动。这冲动荒唐。你来不及思考。

死亡论纲

期待死亡两次。这样，活着至少有趣些。
前一次，是对后一次的彩排。熟悉它，
享受它，而不是老躲着它。两次之后，便是
常客了，不再是陌生客人。"女店主杀死了闯入店中

的一头白犀牛。""第二天，招致了报复，一大群
白犀牛、黑犀牛、五彩犀牛，挤满了她的小店。"
客体的死亡成为你的谈资，也才更可信。你坐过
过山车。你去过迪士尼乐园。现在，你穿着
工作装，坐到电脑前，想找回平日状态，但你
心里清楚，此刻已不同以往。你低头窃笑，
想着自己比他人拥有更多。死过一次，再回来，
这体验没有谁真正经历过。迪士尼里的亡灵家族
是设计团队杜撰的。他们还杜撰了骷髅石、小飞侠、
喷气背包飞行器、海妖复仇号。你不知道，还有多少
不为人知的孤独的妖怪，拥挤着，围坐在你身边。
死亡嗅到了我们：这是借喻。高位截肢、换半边肝和
肾、植物人昏迷，不过是对死亡的模塑。至多是诈死。

失忆记

上一次的失忆发生在哪儿？——我不记得。
傍晚下山途中（脚下是垂直的、一眼望不到底
的石阶）？一次度假回来（昏睡一觉，不想
穿衣起床，出门赴约）？某一回溺水——"我把
他的头按到水中，它拼命浮起。"？一个小手术——
只是面部局部麻醉，脖子、手脚、全身仍能活动？
来自吊桥上的晃动。你的，一群人的，混杂一处。
腰腿扭转，运力。你加入那晃动。突然你停下来。
晃动中的那种停顿。童年记忆的黄金分割之法：
把某些事放在这边，把某些事放在那边，叠放
整齐，像玩具和学习用具的分层抽屉。它们是
二维的，同一个平面上的。蒙着灰尘，被忘记。
是"现在"损害了我，而不是"过去"。使我不能
得到三维的宁静，更不必说四维、六维。（在数以百计
的空间里，探讨某个灵魂存在，这是在折磨自己。）
没有人像孩子那样经常去关心那些飞来物。空中，
无数颗流弹飞着，上下乱窜，不理会抛物线原理。

纪念物

总得留下些纪念物，活了这么久。现在，
我来看我自己，比十年前更脆弱。那些苦恼，
总得轻声说出来，留下些痕迹。那么，没有比

文字更好的了。也可以采用雕塑,将纸质的
换成石砌的,在居所旁树一座自恋的纪念碑。
那种表现"沉思"的建筑,某个信仰体系中的塔。
隐匿在周围的建筑群中,根本就不显眼,像向
所属的组织提交的每日行动报告、每日心理报告,
依照它们随时随地反观自己。想做的事,不能
去做。"总之,诗是诗,生活是生活"。有时我会
觉得肉身之外多出了一些什么,一个尾巴样的
东西,细条状肉赘,一个需要其他器官支持的
小器官(作为知觉的一个指导,我认为它尚稚嫩),
远不如树梢上以尾巴绕枝的金丝猴,它自如,上、
下、跳、翻筋斗。我对我们的理性真感到无奈——
尤其是本来挺感性的女性,成年之初有了点理性,
就忙不迭地去评估一个中年女性的迷惘,并划清界限。

老少病人

我依旧是人们眼中病人的样子。不爱说话、
与人争辩;用花卉(吊兰、仙人掌等)装饰
房间;亲近动物,观赏景物(病中观察,并做
一些记录);走路时一阵小跑,跑动时想某件事,
反复想;与同性结为旅伴,身处一艘船中(船舱里、
甲板上、靠近船头的位置)而不自觉;打听孩子
的秘密,加入某个小型团体。这些就像一个个自编
的神话,谁也不去说破它们,或对它们做病理切片。
"别跟人谈论你的过去。"父亲说。我就不愿去了解
他的过去。(这回是逆时针方向。响过一次的小闹钟
又诡异地响了。)是的,甚至当我轻声喊他"父亲",
他的肩膀都会微微一颤。我们都很懦弱,内心中。
湛蓝冰块给人以安宁感。夏日病房中常见的。那儿,
护士们都很美,嗓音低沉,忙于注射,量体温,
重整床铺等候新人。天花板上的老式吊扇,转速
都很慢。这时候,没有病人愿意轻易开口,呼叫
或者呻吟。我们都很珍惜,知道何物,何时易碎。

河边旧事

收敛一下疯狂,我对一个女人说,把你
的长发剪短。理由呢?弗洛伊德的隐喻——

你的身体，是一个警察局。臀尖、指尖、舌尖
的不同感觉，为你规定了一个世界。有内外、
前后、上下的规定性。有简洁的指示。"可这是
自然选择的结果。"她说。插在花瓶中的绿萝，
会生出白色根须，插到土中也一样。"哪儿欢迎我，
我就到哪儿去。"走在河堤柳树的昏暗中，她脸上
的阴影像抓伤。我谈年轻女人的社会属性，她谈
中年男人的古怪性情。我感到需要占星术。"我们
谈谈星星吧。"我说。"可以考虑用分级火箭将你
送到冥王星或阿尔法星上。"她说。她知道我是个
不着调的诗人，面对美色美景，常常会无缘无故
产生"黑林错觉"。这时，天际有了电闪雷鸣，雨点
却未落下，我们朝对方喊："跑呀。"于是我们跑。
一个站在船头挥舞着白衬衫的男人，让他的采砂船
与我们并行，保持同一速度。他学着我们喊："跑呀。"

初始力

所有让欲念实现的方法我都尝试过了。
最有效的一次是，在空空的卧室中央，竖起
一面大镜子，而后，你就如我所愿地，全身
被反射了出来——是反射，你才到达了这里。
此前的思念和呼唤，一点用处也没有。幻觉——
初始状态的视听力（与人体相分离的，作为
"第二人称"属性的心智），旧石器时代的
挖掘工具（石镢头、木钻头）；此外，它还具有
怎样的、反科学的、我们难以理解的古老图式？
一团被冷冻过的东西。一些见光即死的微生物。
我们需要科幻体验，情侣和鳏寡者更需要。
（内心独白的不可验证和不可演绎。）隔阂、冷漠、
排斥，像连绵群山和浩瀚海洋、大片星云的死亡螺旋，
连荒野寂静都具体化为坚固如铁的"四面八方"。
而有了它，才算有了温情，彼此生出认同感。有人
让我们"思考这宇宙太蓝"。其实是：太辽阔。无以
想象。"在蓝色的边缘你会掉下去的。"你这样说。

诗歌地理

Poets Geography

鲁若迪基　诗选
马绍玺　　把山头含在嘴里的诗人
华楠　　　诗选
林东林　　把一闪留住

鲁若迪基
Luruodiji

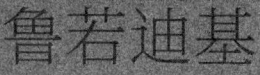

鲁若迪基,又名曹文彬,1967年生人。普米族。出版诗集《一个普米人的心经》《母语唤醒的词》等多部。作品被翻译为英语、俄语、西班牙语、阿拉伯语等多种外文。曾获第五届、第七届全国少数民族文学创作"骏马奖"、首届汉语诗歌双年十佳奖、第三届徐志摩诗歌奖等。中国作协全委委员、中国少数民族作家学会副会长、云南省作协副主席。现任丽江市文联党组书记、主席。

鲁若迪基 诗选

选 择

天空太大了
我只选择头顶的一小片
河流太多了
我只选择故乡无名的那条
茫茫人海里
我只选择一个叫阿争伍斤的男人
做我的父亲
一个叫车尔拉姆的女人
做我的母亲
无论走在哪里
我只背靠一座
叫斯布炯的神山
我怀里
只揣着一个叫果流的村庄

永远的孩子

我不是吃水长大的
我是吃奶长大的
母亲的孩子
我也是梦幻天空的孩子
曾吮吸
月亮和太阳的乳汁
我更是自由大地的孩子
常把山头
含咂在嘴里
即便有一天老了
只剩下一把骨头
我也会在大地的子宫
长——眠

无法吹散的伤悲

日子的尾巴
拂不净所有的尘埃
总有一些

落在记忆的沟壑
屋檐下的父母
越来越矮了
想到他们最终
将矮于泥土
大风也无法吹散
我内心的伤悲

小凉山很小

小凉山很小
只有我的眼睛那么大
我闭上眼
它就天黑了

小凉山很小
只有我的声音那么大
刚好可以翻过山
应答母亲的呼唤

小凉山很小
只有针眼那么大
我的诗常常穿过它
缝补一件件母亲的衣裳

小凉山很小
只有我的拇指那么大
在外的时候
我总是把它竖在别人的眼前

洛克岛

猪槽船的咿呀
醒了泸沽湖的梦
一道道水波
如一行行诗
在波光里荡漾
白色海菜花

在水面托起脸
等待蓝色蜻蜓
发出诚挚的邀请
画眉婉转的鸣叫
随点点光斑
撒落在寂静的小径
古老的寺庙
酥油灯忽明忽暗
岛上的主人
一个在里务比墓里沉睡
另一个在夏威夷长眠
聆听过他们吁叹的那株桉树
白天捧起云的哈达
夜晚举着星的火把
似乎等待他们
在另一个时空
把酒言欢

旧　照

那个叫洛克的美籍奥地利人
再也不能从那把木椅上
站起来——
伸一下懒腰了
他被定格在时光深处
再也无法迈开腿
跨出岁月的门槛
他就这样呆坐在
那把木椅上
似乎站起来
时间的锯齿
就会让他一分为二
他就在那一瞬间
与那片山水永恒
他眯缝的眼里
泸沽湖波光粼粼
一叶猪槽船上
老人撒开的网
正徐徐落入湖水

爱的感觉

那时，夏天是凉爽的
因为恋人把春天
绣进了手绢

那时，冬天是温暖的
因为恋人把一个夏天
织进了围脖

后来，我才发现
夏天，烦躁的蝉
脱了壳
不停地叫着寂寞

冬天，凛凛的风
撕破了脸
不停地嚎着孤独

重返太红小学

居民都搬迁走了
最后一任老师也调走了
太红小学就此
锁上了记忆之门

我走了很远的路
探访心目中的圣地
我在当年种下的树下
听了一会儿鸟鸣
在经常看书的大石上
仰天睡了一觉
在烧土豆吃晌午的操场边
捡了一块烧黑的石头
在野荔枝树旁的河里
感受了一下时光的流淌
我一整天搜寻着
躲藏在时间里的人
却无法将其中的一些人

寻回人间了
含泪离开的时候
我与落日一道
情不自禁
向这个空无一人的房子
慢慢跪了下去

碗

当年的新娘
如今当上了奶奶
三个儿子
大儿子在银行当保安
几年前除夕夜
死在了值班室
留下一个孩子
让她领着
二儿子十多年前
去西藏打工
翻车雅鲁藏布江
尸体也没有找到
翻车前几天
电话里说的几句话
让她至今念叨
三儿子在当导游
儿媳也是导游
孩子留在老家
让她照看
……

当年接亲队伍里
年纪最小的我
除了负责磕头、牵马
还负责偷个碗
当送亲的队伍
在茫茫雪地休息
我怯生生将偷来的瓷碗
递给他们验收
他们把碗传递着查看

最后满意地说
没有一点瑕疵
这会是一段
美满幸福的婚姻
……

主人家有好几种碗
每次见到她
我不止一次想
当年为什么不偷
那个镶边的银碗呢？！

警 惕

我躺下来
狗叫声在四周
浪一样起伏
我感到它们每叫一声
星星就寒战地抖一下
这是城郊接合部
翻过一道墙
就有田园流水
就有鸡在果树下打鸣
就有小路牵你回家
而狗的叫声
（绝对不是宠物狗）
就是从那里
扇动翅膀飞出来
最终在车声里消失
我在噪音里迷糊
醒来，它们还在狂吠
似乎有什么
一直在周边转悠
一点也没有离开的意思

我恰巧走在那条路上

这条路有点偏僻
我踏上去的时候

前面走着一个
穿短裙的女孩
她发现我以后
步子加快起来
也许我的步子有点大
她开始小跑起来
但她的高跟鞋不能
让她的速度更快
她不停地回头看我
内心的慌乱
在她零乱的脚上跳跃
看到她那么紧张
我只得放慢步子
甚至东张西望
与她保持一定的距离
可是，这样的结果
越发让我不自在
到头来
我已迈不开步子
索性蹲在路边
成为一块石头

母　语

我遇见他的时候
他已多年没有说过母语
他和美丽贤惠的纳西妻子
只说纳西话
他的孩子们
在城里工作
孩子们出远门时
母语才会在心底升起
自然地从口里飘出——
那是一些祈祷词
这时候，他相信
有些事物
更需要用母语沟通
所以，当他知道我是普米人
与他一样来自
古老的直吾布直冬

与他一样属于
普米惹贡祖的后代
母语迅速从他的舌根下
蹦了出来
他拉着我去看石床
拉着我去看石磨
拉着我去看石灶
拉着我去看石槽
拉着我去看石缸
拉着我去看石凳
他每指一样东西
祖先命名的词就随口而出
这个石头城唯一的普米老人
用普米语让我感受了
石头的温度
石头的爱情
石头的顽强
他让我品尝自酿的酒
临走还送了满满一壶
我拎在手里
感到它比一座城还沉

地　缝

大地是爱美的
有时，它喜欢艳丽的衣裳
——所有的花就开了
有时，它喜欢素雅
——雪就飞舞着飘来了
有时，它喜欢嘹亮的歌
——河就放开了嗓子
更多的时候
大地是朴素的
还需要缝补
在德江洋山河
我看到了大地
还没有缝补完的一截
也许，缝补大地的母亲累了
就倒在附近的山上

成了山的一部分
也许她悄悄地走了
在不为人知的地方
又默默地拿起了针线
留下这么一截——
只是为了告诫我们
大地是需要缝补的
如同补丁消失了之后
我们还需要缝补生活

塔公草原

想到草原
我眼里
草渐渐绿起来
从脚下绿到天边
最后绿到了天上
牛羊随那绿色
漫游天边
最后在云朵里撒欢
歌从牧人的帐篷飞出
引来一簇簇花
次第开放
……

当我置身塔公草原
远山峻峭
草地柔美
塔公寺宁静
那些微微隆起的山腹
仿佛地母孕育着
一个个新的生命
我静静独坐
唯愿坐成一株草
让一头老牛
抑或牛犊啃食
如果不小心
被那头小母牛吃掉
我也乐意

马绍玺

把山头含在嘴里的诗人——鲁若迪基诗歌阅读

一

在我认识的诗人里,鲁若迪基也许是最幸福的人了。他的幸福不仅仅在于他能写优秀的诗歌,更重要的是他是一位"有故乡的诗人",是一位在故乡的怀抱里写诗的诗人。在今天这个已经极其现代化和全球化的时代里,由于对现代性的执着追求,大多数诗人都已经离开了自己的故乡(精神的漫游也是一种离开),或流浪在去往更远方的路上,或努力在诗歌写作里寻找一条难寻的回乡之路。英国后现代理论家鲍曼把这两种人中执着地要到远方去的人称为现代社会的"观光者",把努力地寻找回家之路的人称为现代社会的"流浪者"。他们是现代社会的两种典型人格类型,是当代生活的共同隐喻。"他们都在不断地移动,然而,他们移动的原因是不同的,前者移动是因为他们发现家变得厌倦了,或变得没有吸引力,因而,他们离开家园是自愿的;而后者是被迫的,对他们而言,自由意味着不必在外面流浪,意味着拥有一个家,并待在里面。如果说观光者移动是因为他们发现了世界具有无法抗拒的吸引力,那么,流浪者移动是因为他们发现这个世界具有难以承受的冷淡。观光者旅行是因为他们想那样做;流浪者旅行是因为他们别无选择。"

从精神本源上看,我以为鲁若迪基是一位始终没有离开故乡的诗人。他既不是现代社会的观光者,更不是它的流浪者。他就是一位海德格尔所说的"人充满劳绩,但还诗意地安居于大地之上"的安居者。他安居筑巢在他诗性的故乡。他的故乡是云端上的滇西北高原,是他的族人跋涉过、居住过的小凉山。鲁若迪基这样描述他的诗歌和他安居的故乡:"我想起了养育我的那片土地和那里的人们。在云南红土高原的西北,有绵延千里的小凉山、奔腾喧嚣的金沙江、直刺青天的玉龙雪山,还有美丽动人的泸沽湖。我就出生在那片神奇美丽的土地上……那片土地上的人们纯朴善良,面对困难所表现出来的乐观豁达,总使我心底涌起感动的热潮。作为行吟在那片土地上的歌者,我是幸运的宠儿……我是那片土地千万个孩子中最为普通的一个,是在母亲目送下,举着火把走过黑路的孩子,我上山狩过猎,下河撒过网。我在鸟儿还没有醒来的早晨,喝过清明的泉水,为的是想让自己比鸟儿更聪明、嗓音更嘹亮,以便能更好地为那片土地上的人们做啼血的吟唱。我深深地爱着那片土地上的人们!在我的诗里留有他们的笑、他们的泪和期盼目光。我与他们同悲同喜同落泪,对未来的日子充满希望。我的诗是那片土地的一捧土,是爱恨交织的疼痛。"在诗歌《永远的孩子》里,鲁若迪基诗性地追述了自己和自己的诗歌跟故土的血缘和精神关系。他将故乡的天空和天空下耸立的群山,比喻为另一个母亲,先说"我是吃奶长大的/母亲的孩子",接着更进一层说"我也是梦幻天空的孩子""自由大地的孩子",我"曾吮吸/月亮和太阳的乳汁","常把山头/含咂在嘴里"。在这样的精神世界里,诗人领悟了故乡群山之巅"寂静无声"的词语,听到了故乡月明之夜"白色的声音

(《寂静的词》)。我以为《永远的孩子》不仅想象特别，气势宏大，而且仿佛就是诗人鲁若迪基的诗歌身份证，形象地交代了他的诗歌故乡和精神源泉。鲁若迪基是安居在故乡的幸福的人，他在故乡的写作，同样抵达了对现代性的书写。

二

鲁若迪基深爱自己的亲人和故乡，他最好的诗歌都是写给故乡和亲人的。亲人和故乡是古往今来诗歌的永恒题材，被无数诗人反复吟咏，很难再出新意。但是，鲁若迪基这一类诗歌中的一部分却写得独特新颖，读后给人控制不住要惊叫的冲动。比如这首《选择》："天空太大了／我只选择头顶的一小片／河流太多了／我只选择故乡无名的那条／茫茫人海里／我只选择一个叫阿争伍斤的男人／做我的父亲／一个叫车尔拉姆的女人／做我的母亲／无论走在哪里／我只背靠一座／叫斯布炯的神山／我怀里／只揣着一个叫果流的村庄"。生活常识告诉我们，一个人何时出生，出生在哪里，把哪里称为故乡，把谁和谁叫作父亲和母亲，完全是偶然的，是任何人都无法选择的。但是，这首诗却神来之笔，把现实中的"别无选择"写成了自己的"主动选择"。这就是创新，就是艺术的力量。正是这份精准的主动选择，展现了诗人对故乡、对亲人的爱的真挚和痴情。诗中"我只选择……"的句式的不断重复，更是强调了爱的执着与痴醉。人们在写诗的时候，通常不会把父母、家乡的名字老老实实地写出来，鲁若迪基则一反常情，真实地写出父母、家乡、村庄的名字，这就是创新和创造。他对故乡、对亲人的爱与痴，也在这种真实的呈现中得到酣畅淋漓的表达和落实，给人诗语动人、诗情惊心的审美享受。

《小凉山很小》是鲁若迪基流传最广的诗歌之一，也是他的故乡写作的结晶。这首诗之所以能广泛流传，不仅跟诗人把他的民族之爱、故乡之爱、亲人之爱、土地之爱完美融合有关，而且跟诗歌中精妙的"小"与"大"的多重转化的情感表达有关。"小凉山很小／只有我的眼睛那么大／我闭上眼／它就天黑了／／小凉山很小／只有我的声音那么大／刚好可以翻过山／应答母亲的呼唤／／小凉山很小／只有针眼那么大／我的诗常常穿过它／缝补一件件母亲的衣裳／／小凉山很小／只有我拇指那么大／在外的时候／我总是把它竖在别人的眼前"。对故乡所有一切的"爱"是这首诗的骨架、血液和肌肤，"小凉山"是故乡和民族的象征。虽然爱得浓郁，爱得热烈，爱得深沉，但是鲁若迪基把这份爱写得明朗简练。写故乡和民族，别人常用的是夸张、放大的手法；鲁若迪基跟别人相反，他用贬抑、缩写的手法。他接连用眼睛、声音、针眼、拇指这些小的事物来作比，极言故乡小凉山的小——事实上小凉山是很大的山。可是，"抑之欲其奥，扬之欲其明"，诗中有意的缩小所达到的效果，恰恰是真正的放大。在这种小与大的繁复转化对比中，诗人向读者强调了自己永远恋着母亲、永远怀着故乡、永远靠着民族的炙热情感。这样的表达和书写在汉语诗歌中是很难见到的。

鲁若迪基诗歌的魅力还得益于他对一些宇宙间根本性问题的执着的诗性思考，比如对时间问题、人生问题的思考。这类思考让他的某些诗歌获得了大地般深厚的品质。

时间问题是宇宙间人的根本性问题之一，因为谁都无法躲避时间，任何人的存在也总是在时间中的存在。正因为这样，人类艺术史上才留下了那么多关于时间问题的思考的智慧结晶。也许，偏僻且带蛮荒色彩的故乡小凉山一带的人文环境，让鲁若迪基更多了一份从现代社会的繁忙与麻木中抽出身来，沉浸于时间与生命的各种自然事项的可能。于是，我们发现，鲁若迪基写得最好的那些诗，几乎都是从那种世俗的、为我们习惯了的、流动不息的时间长河中打捞出来的时间本身的"定格"。这些诗为我们提供了停下脚步，静下心来，细细体验生命的可能。这些诗甚至成为我们窥视那永远也看不见的"时间"本身的"窗口"。比如这首《无法吹散的伤悲》："日子的尾巴／拂不尽所有的尘埃／总有一些／落在记忆的沟壑／屋檐下的父母／越来越矮了／想到他们最终／将矮于泥土／大风也无法吹散／我内心的伤悲。"这首小诗只有十行，在平静的口语化叙述中，紧紧抓住"屋檐""矮""尘埃""大风""泥土"这些表现力极强的意象，写出了在川流不息的时间河流里的人的宿命：死亡终将降临，即使是我们最深爱着的、最不愿意放弃的父母，也无法因为我们的爱而逃脱这种命运；而且死亡并不因为人间的爱与亲情，也不会因为我们的恐惧与祈祷而放弃一切。这首小诗把人的时间的有限性放在浓浓的亲情中来书写，充满了尖锐的现代性体验，产生了刻骨铭心的催人泪下的审美效果。每次读这首诗，我的情感都被它点燃，我原本就脆弱的神经总被它击碎。

《洛克岛》《旧照》《温泉忆旧》《爱的感觉》《重返太红小学》都可以在时间与生命体验的维度上来阅读。洛克岛是鲁若迪基故乡泸沽湖湖心的一个小岛，因美国探险家洛克曾在此居住而得名，如今是游人必去的地方。《洛克岛》一诗前半部分写湖光水色，明亮的波光、海菜花、蓝色蜻蜓、画眉婉转的叫声，写得唯美至极；后半部分引入时间维度，"岛上的主人／一个在里务比墓里沉睡／另一个在夏威夷长眠"，时间对一切的闪击迅速击中了读者的神经，诗歌的智性品质也得以显现：只有自然才是永恒之物，"聆听过他们吁叹的那株桉树"依然像昨天一样，"白天捧起云的哈达／夜晚举着星的火把"。《旧照》的诗情延续《洛克岛》而写，感叹无论谁，无论怎样地叱咤风云，都只能是时间的"旧照"，"定格在时光深处／再也无法迈开腿／跨出岁月的门槛"。《重返太红小学》是怀念童年时光的吟叹，"我走了很远的路／探访心目中的圣地"，陪伴童年的我求学的大树依然苍翠挺拔，多情的鸟儿依然唱着婉转的歌，河流依然像昨日一样不息地流淌着，然而那些"躲藏在时间里的人"却已经无法被一个个打捞回人间了,留给诗人的是含泪的离开。《温泉忆旧》和《爱的感受》两首则构建了时间的今昔对比和对爱的缅怀的诗情:今天是不完美的,是寂寞和孤独的,而曾经的"那时候""那时"则饱含着人性中的原初的爱,就连冬天也是温暖的。

《碗》是鲁若迪基诗歌中少有的用笔相对缴绕的一首,写诗人心目中一种没有能实现因而在情感深处希望能去实现的美好人生,读来让人为人世间的命蹇时乖而叹息,也为诗人情感的美好和善良而潸然。在所叙说的长时段的生命时间里,诗歌的叙说构成了一种强烈的对比。第一节叙说人物的苍凉命运,当年美丽的新娘如今已经成为饱经沧桑的奶奶,然而命运并没有因为她的努力付出和执着求生而给她稍微多一些的眷顾,三个儿子已经死了两个,剩下的一个也因为生活奔波在外,留给她的不是颐养天年,而是等待抚养的几个孙子和连尸体都没有找到的二儿子最后一次离开时说的几句话……到这里,诗歌展现的老妇人悲惨而坚强的命运已经足够感动读者了,然而诗人笔锋一转,在二三节里将诗歌引入另一片温暖的天地。老妇人艰难的生活现实让诗人悲情无限,这本来跟他无关,但是他主动揽责,责怪自己:"主人家有好几种碗／每次见到她／我不止一次想／当年为什么不偷／那个镶边的银碗呢?!""偷碗"是普米族婚姻习俗中美丽的组成部分,男方家通常会委托接亲队伍中某个小孩来完成这个光荣的任务,而所谓"偷",其实是对美好生活愿望的寄托和祝福,被偷的"碗"因此也成为"没有一点瑕疵"的"美满幸福的婚姻"的象征和祝愿。于是,当现实中新娘(奶奶)的生活没有按愿望而实现时,"当年接亲队伍里／年纪最小的我"便无限自责起来,多么希望当年偷的不是那个瓷碗,而是那镶边的银碗,和银碗里盛满的另一种美丽幸福的人生。瓷碗和银碗在这里充满了象征,也是现实和理想的隐喻。

三

鲁若迪基对故乡的坚守让他获得了一种坚实的文化根性。这种根性让他有了属于自己理解和认识世界的基石和方法。即使是走出故乡,走向外面的世界的时候,他依然是以故乡的视域来感受和思考事物。《都市牧羊人》写的是他进入城市时内心深处因文化碰撞而起的新奇体验,"当我走进城市／我的羊群／被突然闯进的狼／吓得四处奔逃／我自己也迷失了方向",城市的红绿灯不但丧失了引路功能,而且成为让人恐惧的陷阱;而诗人化解都市恐惧症的力量也正来源于自己的文化根性:"我只有把一幢幢高楼／想成一座座山／才能找到方向／才能找到我丢失的羊"。鲁若迪基的这一类诗歌,真实地记录了中国现代化进程中,习惯了居住在山里的人群进城时的生命体验,具有相当的心灵史和文化史价值。

《地缝》《塔公草原》《深呼吸》等诗写的是他在甘孜、德江等地旅行的体验。难能可贵的是鲁若迪基没有把这些诗写成普通的旅游观光诗，而是由自然的启示出发，进而思考生活和意义的问题，在深层之处显示出与他的其他的诗歌的一致性来。在《地缝》中，鲁若迪基将德江洋山河大峡谷说成是"缝补大地的母亲"忙乱中"还没有缝补完的一截"。这种感受和体验奇特新颖，给读者无限遐想。而最后几行又说这一切恰恰是大地母亲的有意为之，"只是为了告诫我们/大地是需要缝补的/如同补丁消失了之后/我们还需要缝补生活"，把如何"缝补生活"的哲学问题留给读者深思。《塔公草原》中"我静静独坐/唯愿坐成一株草/让一头老牛/抑或牛犊啃食/如果不小心/被那头小母牛吃掉/我也乐意"的体验同样独特新颖，用人愿意物化为青草的情感写出了塔公草原震撼人心的美。

　　鲁若迪基说过："一个诗人，只有把自己的诗歌种植在适合它生长的土地上，它才能够茁壮成长。对我来说，故乡是我诗歌最好的土壤，那里的人、歌谣、民风民情、山川河流，是我诗歌最好的养料……我的诗是长在那片土地上的另一种作物，有洋芋的甜、荞子的苦，还有不为人知的秘密。" 在故乡安居的鲁若迪基就是这样一位有文化之根的诗人，他诗歌的题材选择、诗意营造、语言风格、抒情方式、情感态度等都显现出了他的这种文化特征。在大多数诗人都习惯于作复杂的思考，把诗歌写得越来越玄学的时代里，鲁若迪基却在那些最简单最日常却又不被人们言说的地方，用大多数人最始料不及的简单破解了一切复杂的机关。他诗歌中爱的情怀和健康的生命意识，让他的诗歌生长出了宽广的天地和向上的力量。

　　希望在故乡的鲁若迪基继续把"山头"含在嘴里，尽情吮吸大地的营养，书写属于自己的诗歌。

---

[1] 郇建立：《中译本序：不确定性与安全感的丧失——鲍曼眼中的"后现代性及其缺憾"》，[英]齐格蒙·鲍曼著，郇建立、李静韬译《后现代性及其缺憾》，学林出版社，2002。
[2] 鲁若迪基：《序：诗的证明》，《没有比泪水更干净的水》，作家出版社，2009。

华楠
Hua Nan

华楠,又名一闪,1974年生,贵州人。

华楠诗选

玫瑰在行动

今天晚上回家的时候
看见电梯内的广告牌上
插着一枝玫瑰
我把它取下来
闻了一下
又顺手插在
邻居的铁门上

牛顿定律

牛顿运动定律由三条定律组成
第一定律
任何物体都保持静止或匀速直线运动状态
直到其他物体对它作用的力迫使它改变这种状态为止

第二定律
物体受到外力作用时
物体所获得加速度的大小与合外力成正比
与物体的质量成反比
加速度的方向与合外力的方向相同

第三定律
两物体之间的相互作用力总是大小相等
方向相反，且作用在一条直线上

三条定律一共192个汉字
共同构成了牛顿力学的完整理论体系

而万有引力定律说的是
任何两个物体之间有引力
引力和距离的平方成反比
和两个物体质量的乘积成正比

他的朋友哈雷先生根据这个定律
推算出1682年出现过的那个大彗星
将会在1758年再次出现

1758年
彗星出现在茫茫夜空
的时候
哈雷先生已经死了十几年

1986年
我12岁
守在窗口等哈雷彗星
但没等到就睡着了

中国历史上关于这颗彗星的第一次记载
最早可能是公元前1057年
当是时也
周武王伐纣

在大连

我坐在床上动了一下
右边墙角的镜子里我也动了一下
右边桌上酒瓶上变形的影子也动了一下
玻璃杯上动了一下
打火机上动了一下
衣服的金属纽扣上动了一下
关掉的电视机的屏幕上动了一下
左边桌上的塑料牌子上动了一下
我一停就全停下来了
他们一动不动
全在等我动

一开始没有东西消失

一开始
没有东西消失
什么都在
看得见
静静的
有的在移动
缓慢地移动

即便被遮挡的
也会惊心动魄地再次出现
没有消失
一开始没有消失的事物
一切都在
如果有什么消失了
也不会被察觉
不会被意识到
直到在缓慢的移动中
交替复杂的遮挡中
有些事物再也不出现
经历惊心动魄的等待
有些事物再也不出现
消失开始了

和谐号高速列车

车出北京站是下午
过济南是黄昏
济南郊外有一个农民
沿着田坎在回家

我猜他是回家
我也是回家
但和他不顺路
他站在铁轨边的样子像是在等列车经过

经过一个湖
湖光一闪而过
列车很快
阳光耀眼
我也是一闪而过

远处有个城市
不知道名字
列车经过它的郊区时
在下雨
一串小孩儿在田埂上奔跑

天黑了
胶州半岛开始亮灯
我正好看见一扇窗户亮了
由此猜到那屋里有人刚刚开灯
那只手正从开关上滑下来

相遇罗生门

我手里的这本《芥川龙之介小说十一篇》
是我太太从旧书市场买来的
湖南人民出版社1980年版
作者芥川龙之介
译者是楼适夷
封面设计是朱根生和王诚龙
责任编辑是夏敬之和欧阳捍卫
他们的名字都印在书上

在青岛四方区医院看病的那个人
我们不知道他的名字
那天，他在四方医院看病
花了三角钱做检查
留下两张各一角五分钱的发票
夹在这本书的第82和83页之间

我拿开这两张发票
看见那个女人又醒了过来
她的丈夫依然捆在树上
已经断气
通过竹叶漏进来的夕阳光
照在他苍白的脸上

临时决定

临时决定
我搭最近一班飞机从上海到昆明
下了飞机
我按短信上的地址打车去见人
车开了一段时间

司机突然骂了一句
我问他说什么
他说那个骑单车的
这时我看见一个打红领巾的小女孩在人群中站着
她在等红绿灯
同时伸出舌头舔手上的冰棍

蚂蚁搬家

一开始我在看蚂蚁搬家
长长的队伍从树上下来
钻进树根的洞里
另一支几乎平行的队伍
从洞里出来
急急地往树上爬去
看了很久
腿都蹲麻了
我抬起头来
太阳要落山了
我就开始看太阳落山

送一首恒河茉莉给德利伯

曾经
有一朵茉莉
开在恒河边的夜晚
它就是恒河茉莉
只有一朵
恒河茉莉
它盛开
枯萎
在恒河岸边
所有的茉莉里面只有一朵恒河茉莉
它盛开
枯萎在恒河岸边
它盛开的时候
它是盛开的恒河茉莉
它枯萎的时候

它是枯萎的恒河茉莉
它消失之后
恒河茉莉就
永远消失了
我们只知道
曾经有一朵
恒河茉莉
盛开在恒河岸边
后来枯萎
消失了

重写梯子在墙上的影子是梯子的形状

想来想去也只有这么一句
梯子在墙上的影子是梯子的形状
梯子
在墙上的影子
是梯子的形状
梯子在
墙上的影子
是梯子的形状
梯子啊
它在墙上的影子
是梯子的形状
梯子在墙上的影子是梯子的形状
就是这样美妙无以言表

钩子诗

墙上
钩子上挂着帽子
取下帽子挂衣服
取下衣服挂雨伞
取下雨伞挂提包
挂一块腊肉
挂一根香肠
挂一篮吊兰
钩子在墙上

挂什么都特别美
什么都不挂
也有点美
但我总想挂点什么上去
我挂了一兜苹果上去
提带绷得很紧
现在还在晃

在酒吧写的

总是有一包烟
一个打火机
一杯酒或者一杯水
以及一个手机
在我面前的桌子上
不管我坐在什么地方
面前总是这几样东西
有时会多几本书
或者多一碟小吃
现在是多一个点着蜡烛的烛台
好多年以来
我一直想写这首诗
因为我发现
不管我坐在什么地方
面前的桌子上总是摆着这几样东西
它们像幽灵一样跟着我
有时会多点别的
没有火机但是有火柴
有时多一杯咖啡
有时多一串钥匙
现在还有一碟花生米
我总是长时间地
沉默地
坐在这几样东西面前
有时我面前的桌子上什么也没有
空空的
那么一会儿
我从兜里摸出烟、打火机和手机
放在面前

然后请服务员给我一杯水
然后我就坐在它们面前
心情会起伏
多半是沉默
我年复一年地看着它们
如果摁掉的烟头没有熄灭
我就倒点水把它熄灭
呲的那一声从烟灰缸里升起
年复一年地升起
但大多数时候是无声的熄灭
最后
我醉醺醺地站起来
摇摇晃晃地把它们又揣进兜里
在把打火机从桌面拾起的某个时刻
因为困惑于这个动作
我的手短暂地
僵在半空

1965年我还没出生

1965年秋
他正坐在床上要躺下去
躺了一半
身体斜着
右眼已经闭了
左眼还半睁着
左手牵着被子牵了一半正要搭在身体上
突然停住
僵在那里
我起身上厕所
等我回来
按下播放键
他才顺利地躺了下去

翻过大风垭

我在飙水岩下了车
离开此地20年后

第一次站在这条乡间公路上

我先顺流走了一两里路
然后踩王家坝的跳磴过了河
再沿着堰坎横穿整个田坝
来到王家坝小学后门
看过当年的教室
从那个仍供着泰山石敢当的松树下
踏上翻越大风垭的山路

擦耳崖那一段路
感觉比以前要窄
石窝龙洞还在冒水
甜
大风垭的风
自然很大
先是吹起我的头发
然后吹起我的衣服
当我爬上大风垭口的时候
整个裤管都被吹得贴住腿
我闻到了下坝飘来的柴火味道
那里就是我出生的地方

这时我突然看见王真军的坟
我仔细看了墓碑
确实就是我的小学同学王真军
原来他已经死了17年

林东林

把一闪留住——读一闪的诗

一闪是个陌生的名字，对我，对很多写诗的人来说，都是如作为一个早已存在但是我们并不知道的诗歌写作者，一闪的诗歌读到是因为杨黎在一个月之前的推介，他的十二首诗被发在一个号上，前面是杨黎的几段推介文字。他——杨黎——认为一闪和一样，有着共同的诗歌追求，都是天分极高而又写得非常简单的诗都写着看起来简单而实则有着无限复杂性的诗歌，同时也都散漫同的气味——哲学的气味。这是一个诗人对另一个诗人——另歌写作者——的指认，也是一个孤行诗坛多年的老诗人对一个新的赞美——杨黎式的赞美，这种看似自夸方式的赞美在杨黎那儿并不多见，由此也显见了他对一闪为人为诗的格外珍视。

与一闪的诗歌一起出现的，是他的另一个名字——华楠。这字让我想起来曾经和他有过一面之缘，那是十一年前——华与华笃志同时也是读客图书厉兵秣马的年代，在上海，在他的办公室天下午我和上海出版界的两位朋友前往造访，当然，那时候聊了么现在已经全然忘记了。不过并不知道的是，那时候他就已经写诗多而我还没有写诗，在诗歌握住我手中的笔之前我们那次的相遇并说明任何问题，只是如今回过头来再看，颇像是对我们如今纸上相见的一次漫长预演。

一闪的那十二首诗，和后面我所读到的他更多的诗，隐退了商人的华楠，形成了作为诗歌写作者的一闪。就像斯蒂文斯——福德意外事故保险公司副总裁和业余诗人——一样，白天他是生里的华楠，到了晚上他就成了诗歌场里的一闪。这种并非刻意为身份选择在我看来不啻一种非常幸运的安排，入世的同时出世，的同时在野，入世保证了他不用通过诗歌入世——成名得利，在证了他不用通过诗歌在朝——攫取身份和话语权，一句话，富养比穷养的人似乎天然地拥有非功利化和非功能化的诗歌观念和诗路。现在，一闪来了，成了我们的同道中人，成了我们的阅读对同时也成了让很多诗人可以偷偷鉴照自我的那面镜子。

读一个人的诗（任何文字）就是一个辨认他人和辨认他自己的读一闪的诗当然也是如此。毫无疑问，一闪在诗歌观念和语言观受到了杨黎的影响，受到了乌青的影响——归根到底还是杨黎的影或者说他受到了通过杨黎表达出来的但并不全然属于杨黎的那些的影响。虽然并不能清晰地命名，但是笼统而言，那是与诗坛中有年的遍传四方的那些观念完全不一样的另一种观念：去文学化（传统）诗歌化，去意义，去抒情，去意象，这些都是题中应有之它立根于"第三代"诗歌，或者说外溯于汉语之外的字母语系，行的形式表达自己想要表达的一切。

具体说，他的《空着手的人》《新鲜空气》《三个晒太阳的老太太》《情诗一九九〇之人类对幻象的执着》《不见了》等等，都很难不让人想起杨黎和杨黎的诗歌。首先是字句上的轻松简洁，列排如山坡迎风之树木，又如解甲归田之兵士；其次是字里行间的节奏和气息，往还，反复，递进，冲淡，朴和，天然；最后是整首诗在落点上的选择，不虚饰，不硬拔，不要花腔，而是在自然而然中抵达某种意思和境界。当然，这些并不是对杨黎的模仿，而是对同一种语言观念和诗歌观念的靠拢。这种靠拢一方面来源于一闪原来就有的与杨黎相近的观念，另一方面来源于他们之间的友谊对这种观念的加持，除此之外，或许还跟贵州（一闪）和四川（杨黎）一脉传之的西南官话也有一定关系，更准确地说，或许跟西南官话里的那种气息和节奏有一定关系。

我无意于把一闪的诗歌拔高，置放于一个开拓性或者源头性的地步，那并不是事实，同时也是置汉语诗歌尤其杨黎和杨黎那个向度上的诗歌写作者之于现代汉语诗歌的贡献于不顾。相比之下我更愿意这样说，在杨黎和他那个向度上的诗歌写作者把诗歌从文学和（传统）诗歌中解放出来之后，一闪又通过这样的诗歌解放了他自己，这样的诗歌是他操弄语言并通过语言操弄自己的一种方法论，写作这样的诗歌让他松散下来，让他舒服其中，让他抵达（表达）了此前轻易不能抵达（表达）的那个自己。

从总体上看，一闪的诗歌是叙述语调的（也有一部分是论述语调的），正如他在《写诗的动机》那首诗里所写的那样——"经常／我只是想记下此时此刻我在干什么／在什么地方／周围有什么东西／记下确切的时间／以便N多年后／知道自己在这个时间点上／在什么地方／在干什么／周围有什么东西"。没有意象，没有抒情，没有语义繁复，没有春秋笔法，没有诗意辞藻，也没有金句频出，老老实实地写，就像老老实实地说话那样，把想要写的东西简单、准确、清晰地呈现出来，把当时当刻知觉到的东西都固定在里面——"暂时逃离于意义的勒索／知觉得以脱离意义去感知世界"。

那些被"诗歌化"着的诗人不会这样写诗，被"文学化"着的诗人更不会这样写诗，他们埋首在诗歌或远或近的传统中寻找慰藉，埋首在同温层中抱团取暖，甚而埋首在诗歌写作的名义中行装神弄鬼之实。背负着诸多不该背负的——诗歌之外的——东西之后，他们与诗歌或者说真正诗歌的距离越来越远，终至南辕北辙。

是的，你完全可以说一闪写的是小感小觉，即使那些巨大的空间感和时间感也可以被视之为小感小觉。但这些小感小觉背后的一人之私，同时也是可以据此打通人类共有之感的一人之私，他有，所有人也都有，不是这个时候有就是那个时候有，即使没有，也会永远存在有的可能性。这个可能性就是一闪（之念），置身于某时某地某景某情之中，无缘无故地突然来了那么一下子（从哪里来？谁派它来？为什么会来？全然不知），然后又消失了。在我看来，这个一闪（之念）不是升华，也不是哲思，更不是抒情，而是直觉——柏格森意义上的直觉，是刹那，是肉身和知觉对理性和逻辑性的一种逸出，或者用他自己的话说是"痕迹"——对无所见的"痕迹"的一种赋形。

老实说，我也有过这些感，也有过这些感的时候，同时也以诗歌的方式写过这些感。它们并非来源于神秘主义，而是来源于我们的肉身，来源于我们的动物性，来源于我们的形而下，同时也来源于我们的形而上，它们是偶发的也是频发的，是无向的也是多向的，是瞬时的也是历时的，它们不但是我们每个人生命和存在的全部意义，也是我们所有人——从古到今的和从此到彼的所有人——生命和存在的全部意义，更大可能是没有意义的意义，但这种意义和这种没有意义或许也正是诗歌的存在价值。

在我的了解和猜度范围内，一闪是理性的和逻辑性的，他的价值观（至少在现实层面的那个部分）是理性的和逻辑性的，他的方法论也是理性的和逻辑性的，但他的向度和终点却是指向非理性的和非逻辑性的，或者说指向于存在的而非价值观和方法论的。在语言和存在争夺人类的战斗之中，他永远站在存在的那一方，这并非因为存在是弱者而站在那一方，而是因为存在并不需要被理解，只需要被看到和被相信，就像一棵树、一束光、一株玫瑰和一只蚂蚁不需要被理解，只需要被看到和被相信那样，一闪可以在诗歌中通过它们，赋予自己的看到和相信，而读到他的诗歌的有心之人，同样也可以通过他的诗歌这种介质还原出来他的——同时读者自己的——看到和相信。

一闪所关注的从来都不是重大事件，从来都不是主要人物，而是那些边角料——把广告牌上的玫瑰插在邻居的铁门上、一个空着手的人带给他的想象、望远镜深处那个系鞋带的动作、没有完全熄灭的烟头上被摁过的褶皱、昆明街头骑着单车的女孩等着红绿灯舔着冰棍的一幕……以及边角人——济南郊外沿着田坎回家的农民、报刊亭里卖报的有点痴呆的瘦小男人、孔飞力《叫魂》中叫丘永年的苏州男子和叫顾正男的十岁男童、包法利先生把饮料洒了四分之三在她肩上的卢昂女士、两军混战时没被镜头收入画面的群众演员、"牛衣古柳卖黄瓜"里那个卖黄瓜的、创建鹅卵石诗派却没一首作品传下来的毕成丁……这些他日常生活中一闪而过的边角料和人类众生中一闪而过的边角人在一闪那里造成的一闪而过，构成了他的重大事件，也构成了他的诗歌。

在我看来，一闪对于无名氏的兴趣和热忱可能是因为他念兹在兹的时间感和空间感，是因为隐立于时间感和空间感背后的那种无处非中——是中心化同时也是去中心化。他在那些边角料和边角人之中找到了这个中心——宇宙的中心，阿基米德意义上的支点，他把自己发现的那些中心和支点归置在诗歌之中，借以通古达今，借以上天入地，就像一个没有质量也没有体积的质点一样，它可以洞穿所有人，古代和现代的人，中心的和边缘的人，此处的和彼处的人，它是不垢不净、无色无味的舍利子一样的点，它是全息的、本体的、所遇无阻的、如影随形的点，它是构成存在本身的点。

在一闪的这些诗歌中，与其他诗人相比具有独创色彩的是，他还借用、挪用和化用了古人的诸多诗歌去写作自己的诗歌。表面看，他的那些诗歌更接近于分析，但同时也是重写，更是化写——不同之处在于一种是文言另一种是白话，更在于一种是诗歌另一种也是诗歌。是的，那些古诗是一闪本来就喜欢的诗——并不是因为古，所以要强调的是，他的喜欢并非古典意义上的喜欢，也非现当代意义上的喜欢，而是绝对性诗歌意义上的喜欢，他在其中找到了超越古代也超越现当代的那个东西，并以之为素材再次书写和强化了那个东西，那个东西是诗的，而并非古诗的或者现当代诗的。

与其他一些以古诗（词）入新诗的诗歌不同，一闪的这些诗歌不是为了解构，不是为了消解，更不是为了恶搞，而是作为一种素材——只不过是古诗这种特别素材，他对古诗解读分析的过程也即诗歌写作的过程，或许可以这样说，他独创了一种以诗写诗的方式。这里不得不提的是他的那首《大儿锄豆溪东》，辛弃疾的那首《清平乐·村居》——不，一闪的那首《大儿锄豆溪东》——因为一闪提取的这一句和对这一句的反复分行使用而获得了新的意义空间和解读空间，它脱胎于辛弃疾之词而又独立于辛弃疾之词，脱胎于辛弃疾之意而又独立于辛弃疾之意，在绝对语境和诗歌语境中成为一首焕然一新的诗歌文本，当然，这自是因为一闪的而非辛弃疾的书写所致。

而从这个意义上说，一闪所书写的那些古人——辛弃疾、苏轼、陈子昂、孟浩然、杜甫、王维、柳宗元等——的诗歌，最后也都成为一闪的诗歌，他以自己的诗歌观念和语言观念"化"了那些诗歌，而不是被那些诗歌所"化"，他以自己所在所处的时间和空间对接了那些古人所在所处的时间和空间，又或者它们本来就是同一个时间和空间——人之为人的时间和空间，而并非是历史的、文化的、意义的时间和空间。

杨黎说，一闪的诗歌具有很强的斯蒂文斯味。他所说的应该是那首著名的《田纳西的坛子》和斯蒂文斯诗歌中的形而上学之味，这当然可以从一闪的诗歌中读出来。不过在我看来，与其说一闪近于斯蒂文斯，倒不如说他也（更）近于威廉·卡洛斯·威廉斯，近于后者《便条》诗里那种"你放在冰箱里的李子那么凉那么甜"，近于后者《红色手推车》里那种"被雨水淋得晶亮的红色手推车和旁边的一群白鸡"，近于后者"要事物不要概念"里的那个"事物"。威廉·威廉斯·卡洛斯所说的"事物"，当然不是纯客观的事物本身，而是主观精神之下的客观事物，而这个主观精神之下的客观事物，在一闪那里或许也就是他即时即刻的"一闪之念"，或许也就是他的"存在"本身。

　　中国诗歌百年，其中两个至关重要的节点，一是白话文的诞生，一是互联网的诞生。这两个节点所造成的一个重要景象即是"诗下庶人"，人人皆可写诗，而并非只有诗人才可以写诗。从这个意义上来理解一闪和他的诗歌，我们可能才能更理解诗对人的重要性，而并非诗对诗人的重要性、诗对读者的重要性、诗对诗歌史的重要性。

　　我一直认为，越来越多的原来不写诗的人开始写诗，诗歌才有希望（这个断语当然也包含了某种矛盾和悖论，希望是什么？为什么要有希望？），因为他们——原来不写诗的人——不会受到太多诗歌传统的污染，也不会受到太多诗歌名利的诱惑，写诗于他们而言更接近于写诗的过程，而非写诗的目的。在个人层面之外，他们在客观上也在承担着某种诗坛清道夫的功能，以写这样的诗而非那样的诗的方式清洗了那些诗歌传统的污染蔓延，同时扩大了这样的诗而非那样的诗的版图和疆域——虽然于一闪而言他并不属于任何一个场、集体或者流派，他仅仅属于绝对的个体和个体写作。在这个意义上，应该把一闪留住，留在诗歌之中——而不是所谓的诗坛或派别之中。

　　或许有人说这样的诗歌写作不够专业。我想说的是，诗歌在挑选读者之前首先挑选的是作者，挑选作者写作这样的诗歌而不是那样的诗歌，挑选作者这样写诗歌而不是那样写诗歌。这个在诗坛中某些诗人看上去的不够"专业"，其实是那些"专业"诗人永难企及的"业余"，"业余"才是一个诗人终极意义上的归宿，我希望一闪能够永远保持不够"专业"，永远保持"业余"，"业余"是"专业"花费一辈子也理解不了的"专业"。

　　把一闪留住的另一层意思，是希望一闪把自己的和自己认同的诗歌观念留住。受到谁的影响并不是说自己的原创能力不足，也不是说就要匍匐于谁的美学阴影之下，而是接受一种观念——或者说自己本来就持有这种观念只是碰到他者也同样持有，受什么（谁的）影响的一个重要前提是愿意受什么（谁的）影响，这是一种个人选择史和接受史的形成过程。从某种意义上说，选择是一种同类项的合并，是一种基于被认同的自我认同——同时也是一种自我认同的被认同，谁影响了谁、谁接受了谁的影响无非是孰先孰后、孰早孰晚而已，早晚先后只是时间线的不同，而并非水平的高低。

所以，回到最开始的那个说法——我说一闪在诗歌观念和语言观念上受到了杨黎的影响，更准确的说法或许应该是这样的，不是杨黎影响了一闪，也不是杨黎背后的人影响了杨黎，而是他们——从古到今的他们、从中到西的他们——被一种潜藏于时间和空间深处的只有少数人探触到了的东西所影响，他们愿意被那样的东西所影响。

把一闪留住的第三层意思，是希望一闪把一闪留住。这并不是一句绕口令，我的意思是说，希望一闪把他自己当时当刻的一闪念留住，把这种瞬间性和即时性的感受留住，进而存立于诗歌之中。相比于对意义的寻找和使之漫长存留，我更倾向于相信知觉和直觉的一闪而过，我也倾向于相信当代诗歌——以及我们的肉身——更接近于这种一闪而过，而不是漫长存留。我不知道华楠为什么取"一闪"作为笔名，但目前看来用这个笔名来总括解释他的诗歌也许是最合适的，一闪，在什么都没有的地方闪了一下，在空阔无际的暗夜中闪了一下，在巨大的空间和时间里闪了一下，那是什么呢？那是无还是有呢？是无中生有还是有中生无呢？这没法解释，也解释不了，一闪就是一闪，一闪是开始也是结束，甚至也是过程。当然，我说的并不是刹那即永恒。

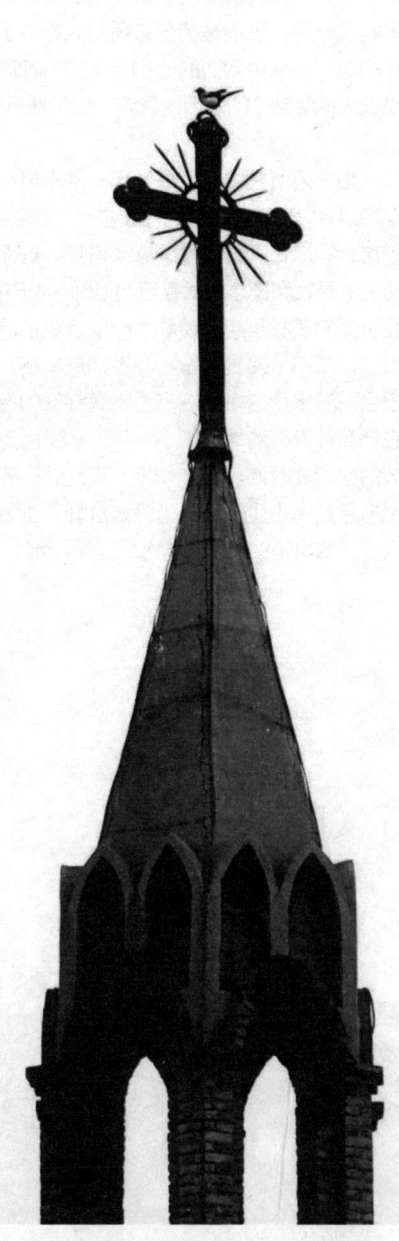

杨碧薇专栏
YANG BIWEI's Column

诗性的困境和尝试

诗性的困境和尝试
——消费主义时代的第五代电影

杨碧薇

随着电影本体的确立，现代电影观念在中国得到了进一步的传播，中国电影也开始了向消费时代的转型。在此过程中，第五代始终是亲历者；他们关注的重心，经历了从影像、寻根、诗意向叙事、消费、市场之变。"第五代"这一概念也随之调整。第五代以整体／代际形象出现，是以张军钊的《一个和八个》为肇始，其终结却众说纷纭[1]。一般认为，在20世纪80年代末，第五代便完成了其历史使命。20世纪90年代中期以前，第五代的电影亦可视为80年代的延续。90年代中期以后，第五代走向了分化和弥散，不再以整体形象出现，而是与电影格局的转向相连，助推了中国电影的消费转型。

第五代的转型，与社会经济、电影行业的发展息息相关，也是自身裂变的必然结果。第五代的成型受惠于80年代的文化语境，并且在很大程度上依托于文学。在那一时期，第五代的思路是"看与思的双轮革命"（王一川语），双轮革命（dual revolution）空前地发扬了"形"（视听）的优势，又注重"质"（影片的情感尺度与思想深度）的饱满。在双轮革命中，"看"对电影本体的意义尤大，"看"的尝试，成功地开启了中国电影的新面目。《红高粱》就是双轮革命的理想成果，张艺谋坦言："这种电影既有一定的哲学思想内涵，又有比较强的观赏性，他的思想是由引人入胜的艺术形式包起来的。《红高粱》是我将电影观赏性和艺术性相结合的一次尝试。小说的传奇色彩以及事件、人物和情节的强烈戏剧性因素，为这一尝试提供了可能性。"[2]

但高潮期过后，第五代电影逐渐走向了"独轮旋转"。王一川指出，独轮旋转取代双轮革命，与

---

[1] 参阅段晓昀、王英莉：《电影"第五代"与"第五代"电影——兼论"第五代"电影（运动）的终结》，《电影评介》2009年第8期。
[2] 雪莹：《赞颂生命，崇尚创造——张艺谋谈〈红高粱〉创作体会》，中国电影出版社中国电影艺术编辑室编：《论张艺谋》，北京：中国电影出版社，1994，第168页。

90年代以来中国文化语境的重大变迁有关,"一是国内知识分子的角色分化,导致影片审美价值取向的调整;二是国际电影媒介技术的视觉化转向,大大推动了中国电影观众和电影人对于视觉的偏爱;三是全球电影市场的消费化转向,有力地搅动了电影娱乐与消费大潮,而让电影的艺术价值、思考价值退居次要或极次要地位"[1]。将"看"作为主要甚至是唯一的思路,与90年代世界美学的"图像转向"不谋而合。于是"思"被撇在一边,第五代电影原有的格局出现了裂缝。

在这样的情形下,第五代导演尝试过延续东方奇观(如《菊豆》《大红灯笼高高挂》),或是从乡村传奇转向都市日常(如《有话好好说》《甲方乙方》《不见不散》),反思过社会现实(如《蓝风筝》《活着》《背对背脸靠脸》),走过文艺路线(如《暖》《蓝色爱情》),也掀起视觉消费大潮,开启了大片制作模式(如《英雄》《十面埋伏》《无极》)……正是这些大片,将第五代的短板暴露无遗:当对形式的追求压过了对内涵的探索,第五代电影便丢失了所指,徒剩能指的躯壳。而这副躯壳是脆弱的,随时都有瓦解的可能;它所掩盖的,恰恰是第五代对诗意的放逐,对时代的深沉失声。早有研究者看到第五代的尴尬:"(第五代)建构的空间美学,适合批判中国数千年农业社会的伦理制度、生活习俗,揭示普遍的人的生存状态和命运,并形成影像上的奇观效应。第五代电影本来可以为文化反思作出更大的贡献。遗憾的是,还没等完美体现该风格的杰作出现,它就被迫解体、转型。"[2] 更有人毫不留情地指出,第五代的困境,与其自身的文化欠缺有直接关系:"实践证明,当第五代导演什么时候遵照了文学家的作品,沿着它的路线前进,就走向成功,什么时候背离了它的路线,就走向失败。"[3] 这种视点,是将电影与文学重新放在同一个检验台上,通过对比去揭示第五代存在的问题,结论虽然尖锐,却有一定道理。

进入90年代,新的转捩降临了。《红高粱》《霸王别姬》等少数几部影片在80年代末90年代初斩获的荣耀,仿佛短时期内最后的高光,为80年代的文化热潮作出了最后的注脚。然而,它们的成功经验已不可能继续复制下去,第五代仿佛又进入一个陌生的纪元,一切都得重新开始。他们徘徊在时代的节点上,寻找着新的方向。《摇啊摇,摇到外婆桥》(1995)就是徘徊的产物,它在叙事和思想上的双重失败向第五代表明:转型势在必行。不只是第五代,整个中国电影都必须应对转型之难。历来就缺少娱乐思维,更未受过商业机制淘洗的中国电影,终于迎来了票房低迷的严峻事实。随着市场经济的持续发展,电影也必须低下头来,接受市场的考验。于是,第五代带着自身的欠缺前行,一面试探市场活力,寻找消费突破口,一面调适自身。经过艰难的探索,转型后的中国电影拥有了新的综合身份,其中既有艺术性、文化性,也有商品性。

---

[1] 王一川:《从双轮革命到独轮旋转——第五代电影的内在演变及其影响》,《当代电影》,2005年第3期。
[2] 唐建军:《第五代电影诗化品格新论》,《艺苑》2005年第1期。
[3] 王剑:《电影文学:第五代导演的弱项》,《艺术评论》2006年第1期。

一、电影的美学转变:"后五代"的艺术片

90年代以后,第五代导演的美学转变主要体现在四个方面。一是重新调适与文学的关系。在80年代,第五代曾与文学紧密合作;90年代尤其是90年代中期以后,第五代与文学的关系若即若离。在新世纪初,商业大片成为第五代的"新迷信",《英雄》(2002)、《十面埋伏》《满城尽带黄金甲》《无极》《天地英雄》(2003)、《孔子》(2010)等大片雨后春笋般纷纷问世。这些影片缺少扎实的文学底本,如同现代作家的"硬写",在思想、艺术上显得空洞、板结。大片的高烧退去后,第五代在《金陵十三钗》(2011)、《归来》(2014)等影片中重新与文学携手。二是放弃带有传奇色彩的民俗描绘,不再带着猎奇的眼光,刻意展示旧中国丑陋的一面,不再以西方人的东方审美观为圭臬,转而从中国古典精神中寻求突破口,用电影表达对古典文化、古典精神的理解。如《英雄》就在探索消失已久的侠义精神,《孔子》充满了对儒家文明的肯定。美中不足的是,这些思考都流于表面;影片中的古典精神,与其说是电影要建构的主体,不如说是电影发展策略中借用的符号。三是艺术片的勃兴。霍建起、顾长卫、吕乐、侯咏等第五代摄影师,在新世纪都独立执导了文艺片,与第六代的文艺片相唱和,又显示出与第六代不同的特质。"他们构成'后五代'内部一股不容忽视的创作力量,也形成了中国影坛一个富有意味的文化现象"[1],他们坚持的艺术立场、小成本模式,与第五代大片形成了饶有趣味的对比,也带来了一种新的发展思路。四是第五代开始在艺术、文化、商业之间谋求平衡,在保障电影艺术性的同时争取更多观众。例如,过渡时期的《英雄》《十面埋伏》等大片醉心于制造影像奇观,但在此之后,第五代重新考量叙事与影像的关系,将造型艺术与叙事文本等因素有机结合,以在更大程度上与市场需求兼容。

四个方面的转变中,第五代对诗性的重视集中在艺术片领域。霍建起、顾长卫等"后五代",在80年代就参与了第五代电影的拍摄,积累了相应的经验。后来,当第五代纷纷进行"视觉转向"时,他们亦能敏锐地把握住影像之美。但他们并没有沉醉于视觉的幻梦,而是将目光从影片的腠理直射入肌骨之内,去观看生活,洞察人性,发现平实隽永的人生哲理。后五代的这些影片颇具人文性,在视觉、故事与诗思之间,取得了较好的平衡。

在后五代中,霍建起是绕不开的一位。电影中的诗意,是他受到广泛关注的核心因素。他的《那山那人那狗》(1998)、《蓝色爱情》(2000)、《生活秀》(2002)、《暖》(2003)、《情人结》(2005)、《秋之白华》等影片,都贯穿着强烈的抒情(诗性)精神。《那山那人那狗》和《暖》是乡村题材,致力于发掘普通人身上敬业、坚持、顽强、善良的优点,以永恒的田园牧歌来回应现代文明的冲击。《蓝色爱情》《生活秀》《情人结》是城市题材,赞美人们追求爱情、勇敢面对生活的品质,

---

[1] 陈旭光:《"影像的中国":第五代、第六代导演比较论》,《文艺研究》2006年第12期。

"影片在立足于现实主义的基础上，承载着诗意美学"[1]。《秋之白华》是主旋律电影的一次另类尝试，在处理革命题材时另辟蹊径，以瞿秋白和杨之华的爱情故事为主线，在日常生活中展示革命者人情味的一面。影片摆脱了高大全的叙事模式，代之以浓浓的诗意和润物细无声的感染力。

《暖》是霍建起诗电影的典范。在取景上，主要是使用朴素的自然景深来表现乡村景致的诗意。影片开始时，拉镜头和摇镜头的综合运用，向观众展示出这一方山水的全景。接着是男主人公林井河骑着自行车在山道上疾驰的镜头，他终于回到了阔别多年的故乡。后来，女主人公暖和林井河在河边相遇，略有些残疾的暖背着一篓野菜，直到这时，影片才首次给了女主人公一个近景。接下来，画面变为全景，随着林井河的叙述，观众被拉到一个遥远的时空，回忆开始了。我们看到，在不同镜头和景别的切换中，时间和空间也在自如地转换，故事的叙述不疾不徐，如春风细雨般一点一点深入人心。

《暖》改编自莫言的小说《白狗秋千架》，影片中，秋千也多次出现。秋千代表着暖对外面世界的向往，是她的梦想的化身，也是她和井河情感的见证，同时凝聚着两人的青春记忆。如果没有秋千这一意象，没有它复沓式的出场，影片的诗意会被极大地稀释。暖最终没能实现理想，与井河也黯然分手，但十年后，两人已经能够平静地面对面，并冰释前嫌。这样的故事，才是最接近生活的真相的。失去了爱人和梦想的暖并没有撕心裂肺，更没有因此一蹶不振，而是本能地自救，与真心爱着自己的哑巴结婚生子，担起了生活的责任。如片名所示，这部影片也是温暖的，平缓含蓄，稳而不急，在些许遗憾中保持着向上的调子。井河离开时，与暖在树林中告别，没有一句煽情的话语，而淡淡的中国式乡愁已在林间弥漫开来。就在这诗意的打开之处，影片自然地收尾了。

与《暖》相比，顾长卫的力作《孔雀》（2005）有更为复杂的剧情。难得的是，剧情并没有妨害诗意的表达。影片讲述了二十世纪七八十年代一个北方小城五口之家的故事。高家的三个孩子，姐姐高卫红、哥哥高卫国和弟弟高卫强都没能赶上好时代，最后只能深埋理想，回归平凡生活。在影像表达上，《孔雀》更注重结合剧情，使用适合自己的电影语法，而不是一味照搬第五代的经验。例如大量出现的长镜头。影片中，长镜头被多次使用，以扩展意义空间；尤其是在叙事的同时留出人物的心理空间，这种充满丰富歧义的心理留白，正是诗的意蕴所在："《孔雀》的镜头是为人物而存的，长镜头调度中有着绵密的叙事性，以及对人物心理层面、精神层面非常敏感的捕捉。"[2]影片刚开始时，一家五口坐在走廊上吃饭，一个固定的长镜头记录下吃饭的情形和经过走廊的人。当弟弟想站起来看看外面发生了什么事时，被父亲给喝住了。这一场景清楚地交代了这个家庭的人物关系和氛围，每个人的角色、位置、心事都耐人寻味。另一个长镜头是在影片结尾处，它长达1分37秒，用的也是固定机位。这时，三姐弟已经各自结婚生子了，当他们带着家人走过孔雀面前时，每个人的反应都不同，

---

[1] 石洁：《霍建起电影的诗意美学》，《电影文学》2017年第11期。
[2] 北岛主编、欧阳江河执行主编：《中国艺术电影》，南京：江苏文艺出版社，2011，第201页。

这对应的正是他们不同的性格特征、人生经历,让观众在感叹中再一次感受到诗意的降临。正如塔可夫斯基所说,"电影的诗意表达,源自电影作者以诗人的目光审视生命和现实"[1],《孔雀》向我们诠释了"生活中从来不缺乏诗意,即使最贫瘠的土地上也同样会生长出美丽的梦想"[2]。

《孔雀》中还有一个非常诗意的片段:没被选上伞兵的姐姐,用蓝布做了个降落伞,她骑上自行车拉着降落伞招摇过市……这个片段写意地展示出姐姐复杂的心情:她是失落的,不甘的,只有在幻想自己成为伞兵时,才会流露出真实的快乐。在背景音乐的助攻下,影片的情感达到了一个小高潮。这并非大悲大喜,却包含着莫名的感动。显然,在日常生活中,确实存在着某种高处的事物,它就是理想,就是自由,就是诗。这,就是后五代对诗性的终极追求。

当张艺谋等"老五代"转向了对"奇观电影"(spectacle movie)[3]的制造时,后五代却踏实地继承了前代电影的诗性表达方式,并紧抓第五代的影像愉悦特性,同时积极向古典诗学回望,营造出优美、和谐、典雅、深邃的审美天地。以新世纪电影格局为坐标,我们不难看出:后五代对诗性的坚持,是对电影市场、电影美学乃至整个文化环境的温和回应;他们与同时期的第六代在诗性表达上有更多的唱和。后五代用从容袅娜的讲述,继续探索时代与文化、人性与人生的种种奥秘;他们仍然相信理想,相信诗性的力量。后五代的实践,在歧路彷徨的市场转型时代,充分地维护了中国电影的尊严。

二、电影消费的兴起:商业转型下的诗性调适

90年代中后期以后,第五代的美学瓶颈日益明显。以民俗/寻根模式为经、影像革新为纬的创作方式,与发展变化着的大众文化相脱离。延续从前的作品风格已经没有意义,重复的电影模式也会让观众陷入审美疲劳。对此,张艺谋深有同感:"《黄土地》《红高粱》等'第五代'作品,在中国电影史上具有自己的地位,但后来由于'一窝蜂'地整,加上我们后来的作品在一定程度上的重复性,这道菜的声誉弄坏了。"[4] 他1995年拍摄的《摇啊摇,摇到外婆桥》就是失败的案例。影片以一名少年的眼光来看旧上海黑社会的凶险黑暗,虽然视角上具备可扩展性,人物也不少,但故事讲得相当单薄,情节转折尤其生硬,叙述能力严重不足。"外婆桥"是简单纯美的田园生活的象征,但这一意

---

[1] 安德烈·塔尔科夫斯基:《雕刻时光》,陈丽贵、李泳泉译,北京:人民文学出版社,2003,第113页。
[2] 杨亚洲:《诗意的表达与表达的诗意——有关影视艺术实践的思考》,《当代电视》2010年第3期。
[3] "奇观电影就是奇特影像的'狂欢'。奇观使得电影真正实现了它自身纯粹的视觉艺术本体论,不再屈从于其他非视觉的要求,而是服从于自身的视觉奇观要旨。"参阅周宪:《论奇观电影与视觉文化》,《文艺研究》2005年第3期。
[4] 罗雪莹:《写人·叙事·内涵——〈秋菊打官司〉访谈录》,杨远婴、潘桦、张专主编:《90年代的"第五代"》,北京:北京广播学院出版社,2000,第104页。

象极其扁平，感染力并未落到实处。同时，影片对人物内心世界的洞察，对社会与人的联动关系的揭示，都没有达到理想的高度。为遮盖这些缺陷，影片中穿插了大量的歌舞；张艺谋一贯的写意美学也派上了用场，以填补叙事上的空洞。无奈心有余而力不足，这部影片惨遭口碑滑铁卢。《摇啊摇，摇到外婆桥》昭示了第五代整体的困境。从90年代中期到新千年初，第五代能拿得出手的作品，只有《有话好好说》《红河谷》等少数几部。

  一面是转型的困难，一面又是电影市场的沧海桑田，第五代可谓举步维艰。2000年后，中国电影进入了资本化的产业化阶段。2000年10月，中共中央正式发文，确立了文化产业的合法地位；中国电影业逐步打破垄断，在加入WTO后，更是受到以好莱坞为首的世界电影的无情冲击[1]。一切都在表明：将中国电影纳入市场竞争机制已迫在眉睫。仍然活跃在电影前线的第五代，与其他导演站在了同一条起跑线上，也必须来解决这道世纪难题。于是，顶着市场经济的大潮，第五代再一次扬帆起航，他们放下了民族精英的身份定位，将电影的艺术思维与商品思维编织在一起，以此来应对大众文化和消费市场的双重挑战。事实说明，在促进电影市场化的进程中，第五代功不可没，"是他们，才真正把中国电影带入了市场，带动整个电影事业的发展"[2]。

  电影是一种特殊的文化商品。电影中的诗性，是它最难被转换为消费的部分。在第五代早期，诗性的表达基本遵循了"叙事＋影像"双轨并发的模式：第一，电影的故事本身就带有浓烈的抒情性，有着像诗一样高于生活的、经过提纯的传奇特征；第二，在影像上注重意境的营造，通过有别于前代的、富有个性色彩的镜语维系影像的整体风格。但在新千年电影市场转型之际，这种固定的诗性表达模式已近乎僵化，带给观众的只有审美疲劳，更是难以与市场有效结合。因此，第五代改变思维是当务之急。

  第五代电影的诗性转轨也经历了三个阶段：

  第一个阶段是大片热。张艺谋的《英雄》拉开了商业大片的序幕，被认为是中国电影大片的里程碑。影片在前期准备时就与国际接轨，之后的制作发行过程都围绕着营销来展开。最终，《英雄》取得了2.5亿元票房（国内）[3]，并获得国内外多个奖项。《英雄》的诞生，像是为前五代辟开了一条新生之路，一时之间，大片比比皆是，先后就有《十面埋伏》《无极》《满城尽带黄金甲》等。第五代早年的盛名和长期积累的口碑为他们拍摄大片带来更多便利，也正是这些大片使他们饱受诟病。这些大片较之第五代早期作品，更具有奇观性质，更注重发展视听语言；由于有强硬的资本后台，还能更充分地展示大场面。然而，大场面虽能带来短暂的视觉震撼，却根本不耐细品，因为其背后的故事是空泛的，

---

[1] 参阅周子钧：《中国电影产业资本化进程研究（1978年—2018年）》，博士学位论文，山东大学，2019年。
[2] 蒋正邦：《从张艺谋看第五代导演电影的商业化》，《大众文艺》2018年第14期。
[3] 数据来源：猫眼。

不具丝毫说服力。大片时期的前五代，在诗性表达上尤其力不从心——故事中的诗性他们未能抓住，影像上的诗性又操之过急，因辞害意。总的来说，在这个时期，前五代的大片是令人失望的。

令人惊喜的是：在同时期，后五代并没有在市场经济的诱惑中迷失，他们依然以艺术为最高标准，结合多年的美学经验，奉献出一批颇有水准的艺术电影，如《孔雀》《立春》《暖》《周渔的火车》等。这些影片保持并延续了中国电影的诗性传统，并在新的时期，以深度的人文思考为中国电影加添了坚定的力量。

第二个阶段是文化历史热。大片的神话粉碎后，第五代重启艺术反思，对文化和历史题材投以关注。《山楂树之恋》（2010）、《归来》（2014）、《梅兰芳》（2008）、《吴清源》（2006）、《秋之白华》（2011）、《萧红》（2012）等都是文化历史热的产物。这些影片表明第五代拾回了80年代的精英身份，以端正的态度关怀文化传承，并用一种不同于以往的、积极的寻根思维，介入到当下文化的建构中。这一阶段，第五代的影片仍有不少瑕疵，其中的诗性表达也在浮动中小心地调适，寻找着最佳突破点。以《山楂树之恋》为例，叙事上刻意淡化了时代背景，只将笔墨凝聚在男女主人公的初恋上。这段感情越是纯洁美好，人们对历史的反思就越深刻。

第三个阶段是参与到主旋律影片（新主流大片）的制作中。第五代早期普遍有一种"去政治化"的政治性，除吴子牛、冯小宁等少数几位导演外，其他人极少正面介入政治题材。自2010年前后，第五代的不少人开始尝试或继续进行正面的宏大叙事。黄建新参与了《建国大业》（2009）、《建党伟业》（2011）、《湄公河行动》（2016）、《我和我的祖国》（2019）等影片的制作，担任合作导演或制片人；陈凯歌亦在《我和我的祖国》里部分执导；吴子牛转向了电视业，先后执导了《红七军》（2009）、《历史转折中的邓小平》（2014）、《可爱的中国》（2019）等电视剧；冯小宁自编自导了《一八九四·甲午大海战》（2012）；张建亚拍摄了《钱学森》（2012）……第五代与主旋律电影的触电，说明他们对市场的适应又进入了一个新阶段，能够更加自如地适应网络时代的综合语境。

第五代向电影消费的转变，也从侧面映照出中国电影市场、电影格局之变。"直到八十年代影戏体系才在写意美学思潮、纪实美学思潮、影像美学思潮以及娱乐电影思潮等的冲击下发生了质的裂变，形成了以影像为本体的艺术、文化、商品三位一体的电影体系，从而导致中国电影发生了富有现代意义的历史转型"[1]。当下的中国电影已进入了资本化的证券化阶段，形成了互联网影业、国企、民企三分天下的基本行业格局[2]，以及主流意识形态、娱乐、艺术、文化、商业交叠的电影模型。面对更加复杂、严峻的市场考验，更加严格、高远的艺术标准，"内容为王""口碑效应"成为中国电影下个阶段的撒手锏。与前辈相比，曾经以先锋姿态登场的第五代有幸参与电影市场的巨变中，其价值将在今后被进一步见证。

---

[1] 王丽娟：《中国电影艺术的现代转型》，博士学位论文，南京师范大学，2006年，第5-6页。
[2] 参阅周子钧：《中国电影产业资本化进程研究（1978年—2018年）》。

草树专栏

CAOSHU's Column

如何测听一首诗

如何测听一首诗

草树

在传统的诗歌接受学机制中，面对一首诗，不是去测听，而是评价，或者阐释，质言之，对一首诗的考量，更多是一种反映论项下的行为，语言的所指成为这套程序里的重要指标，主题始终是一个幽灵般挥之不去，甚至不亚于 cpu 地位的重要尺度。这里所说的"传统"无关古典主义的诗歌美学，而是指 1949 年或者更晚的时期，以唯物主义为主导的意识形态背景下形成的诗歌审美，同时也不仅限于它，因为形而上学和阐释学，也从来就没有在批评的议事厅缺席，在一定程度上，它甚至牢牢掌握着当代诗的话语权。

唯物反映论的教育让几代诗人的大脑中留下主题思维的深深烙印。主题即中心，中心的存在，即意味着一个无限的边缘环绕于它的周围。后现代主义去中心化，正是要改变我们看待和对待世界的方式，一个诗人的写作，应该是脱离中心而面向自我，是一个不断挖掘自我的过程。诗歌不再是历史和神话的想象性演绎，更多私人传记的色彩。一首诗的标题自然也不一定是主题，不是中心思想的提炼或提示，可以是一首诗的语言的发轫、兴起或语言的活动场所。我们面对一首诗应该做的，不是意义阐释，而是进行测听。

测，测量，检测，意味着它的后面有一个尺度，就像依据数学原理制作的量杯刻度，或者依据热力学原理制成的温度计。对于一首诗——在这里的"一首诗"，我们不妨规定它的范围，指的是 20 世纪 80 年代中期第三代诗人出场之后出现的真正具有当代性意义上的诗——这里说的尺度，即是现代性诗歌美学，它可能更多源自西方现代主义和后现代主义的传统，同时又在某个维度与中国旧体诗的古典主义世界观和方法论形成共振。听，即倾听，它意味着一个批评者或读者不是对一首诗指手画脚，而是要对它耐心倾听，反过来说，诗不是语言所指的织物，而是一个类似于生物组织的语言体，是情感和感性的肌体，是神灵附体的物，而不是思想或知识。

谢默斯·希尼之《测听奥登》，自始至终没有提到"测听"一词，但他在分析奥登《分水岭》

一诗时做了出色的示范。"风是会擦伤（chafing）的。这个词在出现于这个场合之前，似乎从未有过作为拟声词的生命：现在它是我们通过其拖延的元音和爱抚的摩擦音，听到风沿着山边一路低语和摩擦。"[1] 作为一个读者或批评家，希尼深入到《分水岭》的"最后的山谷之行"，而不是进行任何旨在抽象和归纳的语言行动，因为诗本身独立自足，它展现了分水岭左面的"十字荒野"的严峻存在："他的脚下，废弃的冲积矿床，/通向树林的几段电车道，/一个行业已昏迷不醒，/还存了些许活气。一台老爷水泵/在卡什威尔抽着水；它在/淹水的矿坑里躺了十年，到这会儿/履行着最后的职责，勉强还在对付。/更远处，这儿那儿，虽然很多死者/已在这片贫瘠的土地下安眠，有人还是被选中，/在近几年的冬天蒙了召唤；有两个徒手清理/坏了的升降机井，抓着绞车，一阵大风/夺了他们的生命；另一个死于暴风雪期间，/荒野无法通行，运不回他的村子／只得硬挺挺被人抬着，小心穿过／长年废弃的水平巷道才回到地面，／完成了他最后的山谷之行。"这就是"风是会擦伤的"这一悖论性的感受在诗的原初词语中获得的源源不断的力量支持，是倾听的结果而非阐释的产物。

当代诗渴望批评的到场。因为它们很少被纳入那种我们冀望的尺度中"测听"，众说纷纭，很少有一个达成共识的美学标准，当然于诗而言，也没有绝对的标准，这是诗学不同于科学的地方。现代性诗歌美学之现代性，本身就是一个很难定义的概念，但是它是对社会现代性的反思，或者说它始终存在批判意识或不悖于诚实原则的前提下抱有一个"否定性范畴"[2]，这一点毋庸置疑。批评家隔山打牛，不能显示足够的诚实态度，隔山观火则势必各说各话，"远水不能解近渴"。批评家必须在场，不是某次诗会酒桌上的在场，不是某个圈子微信朋友圈天天互捧的在场，而是一种灵魂的在场、耳朵的在场、现代美学尺度的在场，直至从另一个语言维度还原诗歌发生的神秘——如果它的神秘不可言说，就让"批评"延展它的形式，像"风是会擦伤的"延展《分水岭》的语言形式。

一、个人性或传记性

个人性作为一个诗学概念提出，旨在重视个人的精神、体验和直觉，是针对传统意义上的人文主义公共美学的反拨。单就个人精神的彰显而言，浪漫主义诗歌给了诗人以极大的自由，但是正如斯蒂文斯所说，想象作为一种精神的自由，"浪漫没能利用好那种自由。浪漫之于想象就是伤感之于情感。浪漫是想象的失败，恰如伤感是情感的失败"[3]。艾略特提出去个人化，大约与浪漫主义的放纵情感和想象的极端个人化不无关系。在现代性反思的背景下，如果将"个人性"作为现代诗学的一面镜子打量，它的水银镀层远不是一种单质而是一种化合物，在某种意义上，它甚至必须以"泯灭自我"

---

[1] 参见《希尼三十年文选》，黄灿然译，浙江文艺出版社，2018，259页。
[2] 参见胡戈·弗里德里希《现代诗歌的结构》，译林出版社，2010。
[3] 参见《斯蒂文斯诗文集·我可以触摸的事物》，马永波译，商务印书馆，2018，195页。

来达成，这看起来是一个悖论，其实庄子早就道明了原委，"吾丧我"，这在语言艺术上表现为克制和一种趋于中性的言说态度，换句话说，个人性只是强调个人的在场、体触、直觉和经验，同时还要服从以维护真实为最高旨归的客观性原则。"现代诗歌离弃了传统意义上的人文主义，离弃了'体验'，离弃了柔情，甚至往往离弃了诗人的个人自我。诗人不是作为私人化的人参与自己的构造物，而是作为进行诗歌创作的智慧、作为语言的操作者、作为艺术家来参与的，这样的艺术家在任意一个其自身已有意味的材料上验证着自己的改造力量，也即专制性幻想或超现实的观看方式。"[1] 弗里德里希将"个人"赋予一个艺术家的高度，当然是任何一首诗对于诗人的基本要求，但是他的看法总体来说没有超出现代主义文学的门槛，在他那里，诗人仍然是一个超越单独"个人"的"改造者"和"操作者"，而不是作为一个倾听者——倾听语言的允诺。这样的观念在中国现代诗歌写作场域不乏例证，北岛著名的《回答》可作为一个生动的例子。在这首诗中，"我"不是作为一个单独个体的"我"。而是一个大写的我，诗的声音也是一种代言的声音，就像广场上的一个演说者发表宣言。它的发表像一个重磅炸弹在中国的大地上爆炸开来，产生的巨大回声意味着它的确代表着一代人的心声，同时"我不相信"，这种怀疑精神不单是显示出反对一个时代的批判精神和巨大勇气，也和现代性的批判意识是合辙押韵的。

第三代诗人的出场推动了语言观念的嬗变，从大写的人，或公民，或代言人，回到个人或真正意义上的人，作为文学的基本支点，诗歌语言从格言化走向口语化和个人化，文学风格发生了质的变化，诗歌同时出现明显的传记色彩。从整体性回归个人性或私人性，在中国文学的源流上，是一次一定程度的古典主义回归。整体性写作主要源于西方的现代主义传统。整体性写作在何种程度上能够满足"修辞立其诚"的尺度，定然是仁者见仁、智者见智的事情，它对语言形象的精确性提出巨大的挑战，尤其难以保证的，是诗人对世界"发言"的合法性和"合理性"。诗歌回到个人、日常，回到语言本体，从根本上说，即是写作主体从一个上帝或时代的代言人，回到有血有肉的"个人""私人"，以身体性的真实去呈现一个真正意义上的人之所是。于坚发表于20世纪80年代引起巨大反响的《尚义街六号》和《罗家生》等作品，从根本上剔除了形而上学的高蹈和英雄主义的姿态，"我"和那些真名实姓的舍友，有着清晰的面目和鲜活的气息，但是如果撤掉它的反驳对象即朦胧诗，那么它也不免深陷现实主义的泥淖边缘，好在作品的反讽语调或态度——不是金刚怒目的批判——从根本上改变了它的内在气质。

吕德安的《继父》是这一写作向度上当代诗的经典之一。它既具有鲜明的传记色彩和个人性特征，也显示了一种兴会而非感发、并置而不类比的处理词与物关系的高超艺术。

> 当我一次次离开，去一个远方
> 我就会在电话里听到他——"喂！"

---

[1] 参见胡戈·弗里德里希《现代诗歌的结构》，译林出版社，2010，第3页。

然后把我母亲喊来。
房间很小。在母亲如同丝绸之路上传来的

衰弱的声音背后,我听见
某种异常坚实仿佛鸟儿啄食的声音。

玻璃咣当响。母亲说,那是继父
用他的凿子在门后的那堵墙上

挖一个洞做鞋柜。
"半平方米,已经花了两天时间。"

  这是诗的第一节。它引进了叙事。叙事使得抒情作为一个诗歌的规定动作省却了,不是惯常的抒情姿态而是一个倾听者姿态:在1998年的某个夜晚,诗人又一次在寂静中听到内心深处传来"某种异常坚实仿佛鸟儿啄食的声音",也许它就是诗的发轫,是在诗人耳边第一个冒出的词语,接着他要做的,就是还原那个声音发生的久违了的场景。

我老在想,对上一辈我能做什么。
这些年来我总是一动不动

可动起来又跑得太远。还有
我在离城二十公里的荒山上

有一座自己的房子,
院子里堆砌着顽石。

不过在我的有关家庭的梦里
它倒更像是一个石头遗址,

仅仅涉及风,以及我自己
那不断增长的听力范围

诗的第二节看似逸出了"继父"这个词语，出现了一次个人化的语言远足，但是事实上一个只涉及风的石头遗址和继父有着某种内在关联，同样未曾真正获得命名的尴尬处境，使他们在一个共同的语境里并置而生成某种意味——不是来自类比，而是并置的无言，其"无言"不仅是诗人自我克制的结果，也是一种语言自律意识的彰显，是罗兰·巴尔特写作的沉默意义上的"无言"。诗的微妙，也许在某种意义上会高于通常对诗给出的其他评价，它可意会不可言传，无声胜有声，就像"风是会擦伤的"，"擦伤"一词从灾难现场获得了一种无声的声音的响应，就像吹过石头遗址的风，它扩大的听力范围与其说扩展了诗人听力，不如说扩大了诗的领地，因为虚无正是因为语言对细节的触摸而获得了存在的质感。

《继父》有鲜明的个人性或传记色彩，其真实性由于它的个人性而加强，情感的强度因为克制和自律而得到浓缩，不管在父亲的祭日继父被自己做的鞋柜挡住而处于更为尴尬的境地，或者我们仍然没有叫他爸爸，继父的身份最终得到了"内心"的认同，他"流下合法的汗"和母亲刷在墙上的"新鲜的油漆"一样，不是"站远一步"看上去"挺超越的样子"，而是真正超越了传统的情感阻隔和内心的杂音，由二而一。语言的质朴，形式的单纯，内在的引而不发，词与物的毗邻关系的出色演绎，成就了它的经典品质。

二、对话性结构和语调

保罗·策兰声称从曼德尔施塔姆那里学会了诗的对话性。这对象征主义处于统治地位的诗歌时代，不能不说是一个重大的诗学问题，因为象征主义诗人通常是站在先知和立法者的位置展开言说，不论是以"应和论"保证主客的平衡，还是通过"客观对应物"实现所谓的客观。诗的言说只要不是法院的陈词或广场上的宣言，而是客厅的闲聊或卧室的低语，那么它的对话性特征就十分明显，诗的对象就是具体的：情人，母亲，或者友人，或者自我，甚至未来的读者，诗的调性依对象和情境而决定，恰切得体的语调不只显示作品的态度，甚至彰显一种世界观——一种能够将世界万物平等对待的态度，一种深刻的民主意识，不只是需要诗人诚恳的态度，还要形成倾听语言的自觉，语言和存在，得到真正平等的对待。诗的语调的得体和恰切，正是源于诗的对话性，而在某种意义上，诗的高贵，也正源于此。

后朦胧诗人张枣对诗的语调几乎有着天生的敏感，他的名作《镜中》在时代的一片诗的高亢中，因其低语的亲切、调性的恰切，从而和舒婷《神女峰》《致橡树》一类爱情诗区分开来，前者即便虚构了古典情境，听上去清新动人，后者多少有点强制性意味，不容置疑，先知姿态，格言化——事实上其本质是一种观念的具象表达，其声音就像喷灌系统灌溉于野，没有具体言说对象，或者说压根没有对话的姿态，当然更谈不上诗的对话性结构。张枣在诗的戏剧结构上做了诸多尝试，无论是《灯芯绒的幸福舞蹈》之人称转换和自我客观化，还是《跟茨维塔耶娃的对话》的跨阴阳、跨语言的诗学对话，都有着丰富动人的艺术风致，彰显语调的丰富性带来的语言面貌的丰赡和绚丽。

诗的本质是对话，沟通。诗可以兴。关关和鸣之雎鸠，与求偶青年男女，有着神秘的响应。响应即对话，沟通。诗可以群。合群，即关联，友谊，是对话和沟通的结果。诗是语言在内心和世界架设的桥梁，是自我和他者、人和万物、语言和世界的内在关联。任何人不能孤悬于世界。人是淤泥之子。存在显现于相互映照之中。因此诗的对话性，在某种意义上可以超越对话本身。对话可以是显性的或隐性的，可以是戏剧化的或隐喻性的，甚至可以是抽象和具体、过去和现在、存在和虚无的对话，无论是暴风骤雨，还是和风细雨，诗的天空总会架起一道彩虹桥。叶芝《当你老了》娓娓表白之诚挚，苏东坡《江城子·乙卯正月二十日夜记梦》梦萦魂牵之哀婉，古往今来伟大的对话性作品如恒河沙数，铸就了辉煌的文明。当代诗同样不乏杰作，也许在对话性的深层结构上，有着更为精湛的表现。我最近读到一位叫Kinosei的青年科学家写的一首诗，《逝者如斯夫》，他在诗中建立了一场与千年前的孔子的隐性对话，关乎时间，但诗本身是不言的："猫注视／饮水机的样子／／就像是忽然／发现了／时间的样子／／也试图用猫手／打断它"。诗的表层结构一目了然，但是结合标题，全诗就形成一种对话性结构，是和"逝者如斯夫"的作者的对话，是对时间的现代命名。写作主体隐身，让位于一只猫，更有戏剧感，也更客观，内含着自我客观化的诗学自觉。由于诗的结构使然，诗的语调趋于中性，主体言说让位语言言说，通过一种隐形对话结构实现语言的张力。中性语调，不是冷漠，恰恰是诚恳，源于维护诗的客观性的艺术自觉。

三、诚实原则与"不谐和音"

诚实原则之于写作，古已有之。"修辞立其诚"，诚者，诚实，真诚，这是艺术的纯粹性达成的基本前提。当代诗人比以往诗人对"诚实原则"有着更为深刻的理解，甚至不局限于菲力普·拉金有关诗歌写作的诚实原则。事实上，诚实，也可拆解为两面：真实和真诚。当代诗以维护真实为最高目标，它历经现代主义对浪漫主义的反思，警惕唯美主义。一个诗人凭着求真意志，或能在求真的泥泞路上坚持，但要走得更远，不能不具备怀疑精神和批判意识，不能不和时代保持谨慎的距离——在艺术上，与时代共舞必死无疑。时代是物质性的、进步的潮流，对精神有着强大的裹挟力量，正如洪水。诗是洪水之上的方舟，它停泊于汪洋之中，或逆流而上，即便与洪水保持相同的方向，也有速度上的差异——这个差异是观看世界的一条门缝。胡戈·弗里德里希说所有的批评描述现代诗歌不能回避的一个事实是"否定性范畴"，不过他又进一步补充，"这些范畴不是用来贬低，而是用来定义的。"[1] 革命浪漫主义文学没有不谐和音，因为它没有"否定性范畴"。现代主义文学对社会现代性的反思，首先是从自我建立一个"否定性范畴"，它的坚实和辽阔，取决于一个艺术家的修为，从而

---

[1] 参见胡戈·弗里德里希《现代诗歌的结构》，译林出版社，2010，第6页。

在那个瞭望塔发现真正的真实。在这个意义上说，不是每一个懂得分行的人就能称之为诗人，一个专业的诗人必须是一个成熟的艺术家，他的诗行后面早已建造一个瞭望塔：即"否定性范畴"。

不谐和音不是杂音，而是声音的不合作，是逸出于主旋律之外的声音，正如多多《语言的制作来自厨房》里那个男孩子摆弄弱音器的声音。一个诗人越是能够发出自己天生的嗓音，一首诗的声音越是带有某种地域性的口音，就越能保持声音的清澈，或锐利，具备真正动人的力量，它取得的效果可能恰恰不是远离中心而是进入中心。一个诗人要消除诗行间的杂音，除了专注、敏锐，他的诗歌声学设备不能缺少过滤装置，在一定意义上类似于一个"否定性范畴"的东西，从而排除意义的喧闹和陈旧美学的干扰。在当代杰出诗人的诗歌美学中，这个"否行性范畴"已成为诗学的标配，不谐和音也成为常态，只不过在每一首诗那里呈现为不同的调性和形式。

四、解构和建构：元诗写作

于坚的《零档案》以冷冰冰的词语呈现了人的意义化的过程：被命名，被物质化，被等级化，被异名化，直至将人的初心和自我彻底抹去，甚至使其成为意义的符号，成为那将钥匙插入锁孔转三圈的档案室管理者，让人的灵魂在档案室、抽屉、档案袋里，永远无法得到重新命名。这个过程是惊心动魄的，人却浑然不知。诗人当然比一个普通人更懂得语言学的奥秘，任意一个能指在获得它的所指进入约定俗成之后，就成为语言的工具。它的最高形态是意识形态、制度化，是制度的铁栅栏的一根。诗人的写作是一个自我挖掘的过程，挖掘是为了返回，文学进步论永远在制造谎言。诗歌的消极性是一种澄清的力量。

《零档案》是解构主义的，只是没有像《对一只乌鸦的命名》那样出现一把诗学的手术刀，写作之"写"同样作为写作的内容共同寓于诗的语言形式中。一种展现写者姿态，予诗以个人化的命名并借此澄清与语言关联的存在，在语言和存在两个维度同时作业，既解构又建构，这一类诗被称之为元诗，即论诗诗，或关于诗歌的诗歌。阿什贝利[1]可能是这一路写作的先声，对世界的整体性观照，不再像现代主义大师们有一种专制性的幻想和立法意志隐含其间，不是建立精神秩序的中心如田纳西的一只坛子，而是从世界三[2]的废墟中翻检，建立一条从"三"向"一"返回的语言路径。

---

[1] 约翰·阿什贝利（John Ashbery，1927—2017），阿什贝利的诗机智幽默、抽象深邃，是继艾略特和斯蒂文斯之后美国最有影响的诗人。
[2] 波普尔，当代影响最大的科学哲学家之一，奥地利的犹太人，曾任伦敦大学教授，他在1972年发表的《客观世界》提出的"三个世界"理论。所谓"三个世界"是指把世界依据一定的标准一分为三，把物质世界称为"世界一"，它包括物理的对象和状态；把精神世界称作"世界二"，它包括心理素质、意识状态、主观经验等；把人类精神活动的产物，即思想内容的世界或客观意义上的观念的世界，或可能的思想客体的世界，称为"世界三"，它包括客观的知识和客观的艺术作品。

元诗写作拓展了汉语诗歌写作的语言航道，诗之思从幕后走向台前，在一定程度上为汉语拓展了更为广阔的写作场域。从朦胧诗代表诗人多多的《语言的制作来自厨房》，到后朦胧诗人张枣的《跟茨维塔耶娃的对话》《空白练习曲》——张枣从理论到实践将元诗意识提高到一个汉语现代诗的普遍性高度。学院派代表诗人臧棣的写作大大扩大了元诗写作的规模，陈先发则在元诗的整体性观照中里引入个人性的语言视野，让诗萌芽于气息而生长于整体性的光亮中，在一定程度上使元诗写作的面目变得越来越清晰。《你们，街道》堪称一首规模宏大的元诗，臧棣对元诗的热爱一点不亚于张枣，在《诗歌的风箱》一文中，他说："诗歌是什么呢？和很多诗人不同，我不仅对诗歌书写行为还有热情，而且喜欢对诗歌书写的过程进行多方位的观察，也不疏懒于把这些观察带入思索的领域。我喜欢一边从事诗歌写作，一边有意识地对诗歌写作本身进行考察。我理解这样的声音：'我只管写诗，不想解释诗是什么。'这样的表白流行于我们这个时代。不过我恐怕永远不会养成此类习惯或姿态。"将写作本身纳入写作的考察范围，在当下已经成为一种普遍的习惯或姿态，它在诗的言说中打开了一个诗学言说的维度——它不是传统的，而是来自西方的示例，无疑丰富了汉语诗歌的声部，但是真正具有元诗意识并能够在艺术上达成形式自觉的诗人，倒是为数不多。依托于对诗的谈论开始一首诗的写作，变成一种规定动作，就令人厌倦，也不免受人诟病。元诗写作同样是以感性去揭示诗的个人化定义，而不是抽象的谈论，甚至论述。臧棣是元诗写作的杰出代表之一。

　　姑且以臧棣为例。臧棣写于2000年初期的《巴尔的摩》[1]是当代众多堪称经典的元诗范例之一。元诗意识让诗超越了一个外国游客的审美赞叹，而将审美活动转入一种诗学肌理之中，诗的语调、结构和节奏，自然而然服从一种谈论风格。"地理和诗在此联姻，/ 但知情者不多，他们中年龄最大的 / 已经在海那样大的坟墓里 / 躺了一千六百四十年。"那个年龄最大的知情者是谁？说他死了一千六百四十年仿佛确有其事，但巴尔的摩在文明的历史中是一个年轻的城市，1814年9月12日英国军队和美国民兵在巴尔的摩西南的北角交火。英国指挥官被击毙。英国海军在对守卫巴尔的摩内港的麦克亨利堡（Fort McHenry）进行了通宵炮击后没有能够赶走守卫在此的美国军队。随后英国军队放弃了对巴尔的摩的进攻。美国人弗朗西斯·斯科特·基目睹了英国海军对麦克亨利堡的炮击后写下了后来成为美国国歌的《星条旗》。这是200多年前一个重大的语言事件，在此之前，它是英属殖民地？更早是印第安原居民的栖息地？在一千六百四十年以前没有一个精通诗和地理的关系的人存在，诗人大抵以此确立一种谐谑的后现代诗调语。坟墓一词的出现引发关于死亡的谈论，是词语之能指和所指的呼应。"死是一次更特殊的旅行，/ 也许我生来就适合接受 / 这愉快的想法。它的巴尔的摩版 / 就很凉爽，口感不错 / 像刚融化的草莓冰淇淋。"坟墓——死——旅行——巴尔的摩，词语的链条在此打开，诗出现停顿，进入能指内容丰富的场域。巴尔的摩的码头风俗画进入了一首诗的拍摄地，也进入死亡哲学的光亮之中。对于巴尔的摩的描摹显示了臧棣一如既往的修辞本领，"码头上的

---

[1] 参见臧棣《骑士与豆浆》，作家出版社，2015，119页。

小广场／像洗牌一样布置着／因平静而丰富的生活。／不紧不慢，白云采摘晚霞"，逐一不漏的修饰使语言形式显得密不透风，但是作为修辞大师，臧棣深知修辞的奶油太腻人，适时地要向读者提供一杯凉白开，"此地的风景就是如此"。废话减缓了语言的节奏，使接下来更为甜腻的奶油不至于使读者反胃，"太阳像一个神秘的舞者／留在大地的床头柜上的红帽子。／它的港湾则温柔得／如同一只怀了孕的大花猫。／鞋店里的鞋像腌过的／深海鱼，诸如此类，古怪的说服力／令我冲动"。这种个人化的修辞体现了臧棣细腻而出色的语言口味，精于配制源于诗人迷恋个中的美学况味。

臧棣在不意间绘制了一幅生动而极致的旅行风光，他把巴尔的摩版作为死亡旅行的注脚，并非意在论述生死，只是以它们搭建语言的舞台，将"美死了"的空洞赞叹转化为生动具体的场景——诚然，场景在这里被逐一修饰，化了妆，但在谈论诗艺的语境中，它并不违和。不难看出，元诗意识的在场使旅行风光从地理学跃身于诗学，语言取景框的建立和本地抽象，使日常的琐碎被过滤了。在巴尔的摩，我们感觉诗人臧棣关于诗歌的谈论通俗、具体，十分在行，由于和巴尔的摩的风物和关于风物的联想建立的及物性，令人心悦诚服。

五、气息与凝聚：语言边界的生成

当代诗的接受美学习惯以辨识度去考量一首诗，当我们说到一首诗或一个诗人的写作，往往拿一首诗的辨识度来评价一首诗的好坏或一个诗人写作水平的高低。辨识度本是一个音乐领域的美学术语，拿它来考量诗，自然更多倾向于诗的发声方式的独特或语言形式的新颖度和原创性。诗发轫于气息，一首诗生成以后或许仍有着鲜明的个人气息，由于生成语言形式之后变得可以倾听和观看，因而更多呈现为一种气质。气质是内在的，是气息之花结出的果实，而气息是诗的发祥地，是语言之根。

《老子》说"道生一，一生二，二生三，三生万物。万物负阴而抱阳，冲气以为和。"从隐性世界到显性世界，都是由"道"派生出的阴阳二气，加上阴阳二气冲和而成的"和气"生发出来，"三"是万物生发的基点，是万事俱备的最初爆发。"一阴一阳谓之道"，阴阳二气之变化和"冲和"，是这个变动不已的世界的原驱力。我们也不妨说，道，即气息，即本体。气息说起来神秘、抽象，但是对于一个诗人来说，它是具体的、感性的，并非缥缈之物，一首诗正是气息的凝聚而呈现为独特的语言形式。中国古典美学的气息说和T.S.艾略特的氛围说有着某种异曲同工之妙，本雅明对于气息的阐述道出了气息作为诗学本体的内生机制："气息无疑是非意愿记忆的庇护所。它未必要把自己同一个视觉形象联系起来；它在所有的感性印象中，只与同样的气息结盟。或许辨出一种气息能比任何其他的回忆都更具有提供安慰的优越性。因为它极度地麻醉了时间感。一种气息能在它唤来的气息中引回岁月。"[1] 词语的召唤和凝聚功能通过这样的表述更加明晰。我们说诗得自凝视，诗是无意听到的，

---

[1] 参见《本雅明文选·启迪》，生活·读书·新知三联书店出版社，2008，202页。

还必须以气息为基本前提，凝视所得和无意听到已经是气息凝聚后的东西。汉语新诗舍弃了格律的约束，诗的分行之所以为诗，必须具有凝聚的特征，它在语言形式上表现为细节和意外的声音——语言的意外是在词语确定的事理性结构中的逸出，换句话说，诗比其他文体有着更为明细的语言边界，臧棣在《巴尔的摩》一诗中说，"地理诗，我这样理解／它很少让我犯形式错误"，又说，"巴尔的摩，现实／安排它濒临大西洋，／一座小小的城，但是规模深邃"。他所谈论的，实际上是语言的边界，以及诗与现实的关系，一首诗就是一个独立的国度或城市，如果没有边界，就无从谈论"巴尔的摩"，而若它作为一首诗的象征，它和现实既保持距离又紧邻，因为诗之现实是一种语言的现实而非现实本身。

  当代诗人的写作回到语言本体，气息作为诗的内生力成为常识，而不再受制于意识形态或思想观念，诗的纯粹性由写作主体的直觉达成，气息越是深沉甚至形成"内爆的漩涡"，诗的声音就越纯粹。比如朱朱的《瞑楼——再悼张枣》：

  玻璃门留有你的指纹
  过道上有你的脚步声，
  电梯摇晃如你喝醉的肩膀，
  这幢楼有我进不去的瞑色——
  死，总是留下最完整
  和最琐屑的：一个形象和
  活过的证据。前者让赞美突然决了堤，
  后者：锯子仿佛正沿墨线撤回。

  这首诗写于2015年，张枣去世五年之后，诗人朱朱在某个时刻再次想起这位已故的同时代诗人，悲痛平复了，但是气息更加深沉，时间澄清了情绪的泡沫和杂质。一个人的死去使得那些看不见的细节、消失的声音"在它唤来的气息中引回岁月"，这是诗对遗忘的抵抗，是气息在时间的深渊唤回结盟的气息：声音和形象，但是这首诗最大的意外是由"活过的证据"之"据"和"锯"的谐音，引出最后那个惊人的意象，高度凝聚："锯子仿佛正沿墨线撤回。"它意味着一个死亡尺度裁量下的此在。它是神秘的，甚至有几分深奥，但是又令人产生难言的共鸣。

  当代诗人摆脱对审美化语言织锦的迷恋，让气息自动生成语言的声音形象，具有一种倾听的姿态而不是做一个言辞滔滔、扬才露己的表达者，这些都意味着当代诗的写作在不断走向成熟。不论采取什么样的诗歌方法论，诗必须作为一种自然的呈现，而不是一种带有某种腔调的表达，或者空心化的歌唱。诗人李少君的《傍晚》是这方面的一个杰出范例——

傍晚，吃饭了
　　我出去喊仍在林子里散步的老父亲

　　夜色正一点一点地渗透
　　黑暗如墨汁在宣纸上蔓延
　　我每喊一声，夜色就被推开推远一点点
　　喊声一停，夜色又聚集围拢了过来

　　我喊父亲的声音
　　在林子里久久回响
　　又在风中如波纹般荡漾开来

　　父亲的答应声
　　使夜色似乎明亮了一下

　　　日常生活场景在汉语新诗中本应拥有更广阔的空间，格律的去除在一定程度上实现了语言的解放，但是西方现代主义的影响，使得新诗写作在相当长时间拘囿于意象化，"竹喧归浣女，莲动下渔舟"或"曲终人不见，江上数峰青"直接而鲜活之场景，简朴又庄重之风格，在新诗写作中已经沦为"我的寂寞是一条蛇"或"如果你是橡树"等象征主义的一一对应。李少君的写作，在现代主义的文学潮流中，倒有几分古典主义的质地，他的诗叙事简洁、语言朴素，独成一路清新质朴的风格，词与物的关系生成于"本地"，对声音的专注和通感的巧妙运用，使诗的语言形式富有质感，不言而情感饱满，神秘而令人心领神会，是个人性的又通约普遍人性。在意象化捆绑式命名和所谓情怀表达依然充盈于当下的诗歌现场，它的诗如一缕清风，保持了和大自然古老的沟通方式。

六、瞬时永恒的空间诗学：诗的音顿

　　正如本雅明所言，气息极度地麻醉了时间感。在此深度沉浸的时刻，正是语言摆脱历史时间或现实时间的时候，诗获得自身的时间，以诗的音顿的形式，或者出现共时性的奇观，那正是气息之盟友出现之时。诗的音顿，声音的停顿，如同渔网边缘的沉铁，一张网撒向存在的水域，没有沉铁，渔网漂浮而将一无所获。或者说，一扇门吱呀一声打开，空寂中传来超时间性的声音和形象，都是一个停顿的时刻，它偏离了历时性的叙述或事理性的发展，而进入自身的时间。音顿是一首诗自身时间的构件，它打破了线性时间的不可逆性，帕斯说："革命和诗歌都在企图摧毁当下这个时代，以及不平等的历史时代，从而建立另一个时代。但诗歌的时间和革命的时间不同。革命的时间是批判理性的标刻日期的时间，是乌托邦的未来；而诗歌的时间，则是早于时间存在的时间，在孩童的眼中重现的'前世'，没有日期的时间。"[1] 我们现在可以感受到诗歌在当下，不是革命性的工具，不是要摧毁当下的时代而可以调和，或者建设，但是诗歌的建设方式是在诗歌的时间里偏离当代而进入自身，诗歌的革命更多是自我革命，不断返回到孩童眼中的"前世"，回到一颗初心。

当代诗人在建立诗歌自身的时间上有着多样化的尝试，一种瞬时永恒的空间诗学的演绎，语言形式更接近古典主义风格，但又有着鲜明的现代语言样貌。诗人冷霜的《重读曼德尔施塔姆》大约发生在当下的某一个时刻，并没有一个明确的"此时此地"，对曼德尔施塔姆的阅读，产生了某种类似震动般的共鸣，诗人以重卡车的轰鸣命名那一刻的感受堪称精到，而且是以这样一个音顿，延拓开一个寒冷又温暖的场景，使得他的写作与学院派诗人普遍依赖修辞但缺乏停顿的特征区分开来——

  载重卡车的轰鸣在远处
  像海涛拍击海岸。
  只有我一个人，这一湖新冰
  和大地一起微微震颤。

  多么好，尽管光芒细弱
  却仍把它无数年前的温暖
  溅进我眼里，我看见摇曳在
  凛冽的气流中，一颗星星的尖脸！

曼德尔施塔姆的诗带来的震动，并没有与它的喻体捆绑，而是作为场景中的事物由气息召唤而来，"海涛拍击海岸"事实上是修辞的扩展，但是在这里并不显得繁复。"一湖新冰"的寒冷和"无数年前的温暖"构成一种悖论性存在，"星星的尖脸"的拟人化使得它更贴近诗的氛围，而不是刻意地赋予某种象征，正因为这样一种兴会的、基于联系性原则而不是因果关系的写作，使得语言舒展而富有质地，诗的意蕴也深沉而微妙。

生于1970年代的诗人刘川坚持以口语写作，他的诗看上去语言有些粗糙，却有着十分锐利的力量，一种令人讶异的谈论风格，直接、尖锐、强烈的荒诞感。他的写作独树一帜。一些作品有着一次性的形式主义特征，让你震惊且久久不能忘怀。比如《如果用医院的 X 光机看这个世界》，那种巨大的荒诞感，会让你在那个阅读的时刻游离而进入诗的时间——

---

[1] 参见帕斯《弓与琴》，北京燕山出版社，2014，300 页。

并没有一群一群的人 / 只有一具一具骨架 / 白刷刷 / 摇摇摆摆 / 在世上乱走 / 奇怪的是 / 为什么同样的骨架 / 其中一些 / 要向另外一些 / 弯曲,跪拜 / 其中一些 / 要骑在 / 另一些的骷髅头上

除了"X光机",此诗没有一个现时或历史的时间。X光的透视原理在这里转化为一种精神性透视,只因为建立了一个终极性的视角,从而实现了诗的超时间性,其呈现的是一幅幅荒诞的空间图景。也许我们可以说,一个诗人的写作卓越的技艺不在于修辞技术的纯熟,而在于诗人深邃的洞察力和视角的独特。保持语言的粗糙,笨拙,实在藏着一颗冀望抵达"大巧若拙"的艺术境界的雄心。《在孤独的大城市里看月亮》同样挖掘了人类内心的孤独和终极命运的一致性,月亮构成一个宇宙意识的观察点,"一次,我和一个仇家 / 打过了架 / 我看月亮时 / 发现他 / 发现他 / 也在看月亮 // 我心里的仇恨 / 一下子全没了",同样诉诸一种终极性的视野。死亡,月亮,皆万千变化中之不变、无常中之常,它们为刘川的写作,提供了一个深邃的视点。在终极性向度上,安徽诗人杨键的写作,同样充满死亡和无常的在场,佛教文化的空,是他观看世界的另一个哨所,《暮晚》是这一向度上的代表作,呈现为描述性图景而非谈论风格,克制收敛,质地深厚,人们常常乐意将它指认为"悲悯"。

七、共时的此在:词语如何招魂

诗是重构的时间,是对遗忘的抵抗。遗忘的范畴是死亡的范畴。人存在于记忆之中,记忆的消亡才是人的真正的消亡。《权力的游戏》中夜王直接奔向鱼梁木下的史塔克·布兰,因为后者是先知,是人类的记忆,他的大脑保存了一个王朝的真相。博尔赫斯说:"时间的问题就是连续不断地失去时间,从不停止。"赫拉克利特说一个人的两只脚不可能踏进同一条河流,说的是一件事情,更加生动形象。当代诗人若不能对诗歌和时间的关系有着深刻的认识,就很难抵近语言的本质。杰姆逊在《关于后现代主义》的对话录中指出,现代主义的一种专用语言是以普鲁斯特和托马斯·曼为代表的那种时间性描述语言,在这种语言背后,有一种柏格森的"深度时间"概念。但这种深度时间体验与我们当代的体验毫不相关,我们当代是一种永恒的"空间性现时"。[1]当代诗从第三代诗人开始,诗歌语言强调一种亲历性和描述性,与后现代主义的文艺思潮不无关系,诗的论述性结构和意象化的语言总是成为一种历史性的发展,或者空心化的概念写作,质言之,诗不是时间的打捞或重构,反而构成对时间的遮蔽。

现代心理学大师荣格(C·G·Jung,1875-1961)深受《易经》的影响,他的共时性原则也深刻

---

[1] 杰姆逊《关于后现代主义》,"世界文论"(2)《后现代主义》,北京社会科学文献出版社,1993,132页。

地影响了现代艺术。其实在中国古典诗人中，从他们的写作就不难看出已经具有一种共时性的观念，比如李白的《公无渡河》："黄河西来决昆仑，咆哮万里触龙门。波滔天，尧咨嗟。大禹理百川，儿啼不窥家。杀湍湮洪水，九州始蚕麻。其害乃去，茫然风沙。被发之叟狂而痴，清晨临流欲奚为。旁人不惜妻止之，公无渡河苦渡之。虎可搏，河难凭，公果溺死流海湄。有长鲸白齿若雪山，公乎公乎挂罥于其间。箜篌所悲竟不还。"此诗的第一时间现场为妻子奏箜篌怀念强渡黄河被淹死的丈夫；狂夫渡河，旁人不惜，妻子苦苦规劝，此一场景为写作的第二现场，在诗人绚烂的想象中以描述性的语言呈现，栩栩如生，至为感人；大禹治水为写作第三现场。三个详略不一的场景形成一种共时性的存在。中国古典美学称这一类写作为用典，当用典转化为一种描述性的场景，并置于一首诗的共同语境，其实它的写作观念的内部就深含着一种"同时性"或"共时性"观念。

在语言中建立共时性的时间维度，当代诗人的写作不乏杰出的实践。于坚认为作诗就像巫师招魂，诗人所为就是为词语招魂，并从布鲁斯音乐的即兴特征受到启发，写了一系列"蓝调诗"，诗人声称这是一种加法的写作，实际上文本体现的是一种共时性的语言奇观，比如《拉拉》《爵士乐》《在布里斯班》。陈先发的《鱼篓令》在时空的处理上，同样有着精湛的演绎——

那几只小鱼儿，死了么？去年夏天在色曲
雪山融解的溪水中，红色的身子一动不动。
我俯身向下，轻唤道："小翠，悟空！"他们墨绿的心脏
几近透明地猛跳了两下。哦，这宇宙核心的寂静。
如果顺流，经炉霍县、道孚县，在瓦多乡境内
遇上雅砻江，再经德巫、木里、盐源，拐个大弯
在攀枝花附近汇入长江。他们的红色将消失。
如果逆流，经色达、泥朵，从达日县直接跃进黄河
中间阻隔的巴颜喀拉群峰，需要飞越
夏日浓荫将掩护这场秘密的飞行。如果向下
穿过淤泥中的清朝、明朝，抵达沙砾下的唐宋
再向下，只能举着骨头加速，过魏晋、汉和秦
回到赤裸裸哭泣着的半坡之顶。向下吧，鱼儿
悲悯的方向总是垂直向下。我坐在十七楼的阳台上
冈头饮酒，不时起身，揪心着千里之处的
这场死活，对住在隔壁的刽子手却浑然不知。

一种浪漫主义的古典情怀凝聚成一个意象：小鱼儿。它是一个焦点，一个具有巨大繁殖力的词语，

衍生一个又一个场景，静或动，空间或时间，传统的想象力的意象化表达和修辞放纵，转化为一种内视的场景，一种想象的真实或"最高的虚构"。古典的"悟空"和当下的"小翠"（源于流行一时的"翠花上酸菜"？）是对小鱼儿的不置可否的命名，其间没有指定性的意义而是充满喜悦、幽默的情趣，带着某种后现代的谐谑风格，地理学的铺陈有着生气的贯注而不像《澜沧江在兰坪县的三十三条支流》那种地理说明书式的、被称为零度写作的一次性形式主义写作，朝代的反溯体现的时间可逆性打破了历史时间的局限，总之在这种描述性的语言背后，有一个共时性观念作为强大支撑。陈先发说："我的诗歌有一个基本概念：'共时性'。我确知自己能找到某个'时刻'——在它之内，不管有着往日的隐士，还是明日的变形战士；不管是庄周在喂养母龙还是希梅内斯在种植石榴树。这个时刻让我安心与所有的时刻在一个平面上，交叉，滑行，获得它们似是而非的灿烂形体。"[1] 共时性观念支持了想象的转变——从意象化——对应转换为虚构的或日常的场景，想象力也就转化为一种向内凝视的力量。但是此诗的真正发生现场不在色曲（记忆），不在炉霍县、道孚县或瓦多乡境内（神话时间），也不在明朝、宋朝（历史时间），而在"此时此地"——"十七楼的阳台"，"隔壁住着的刽子手"和"小鱼儿"的并置，形成一种对峙，前者的冷峻和后者的浪漫构成悖谬性的存在。所谓"诗和远方"的精神鸡汤顿时在现实的石头磕碰之下洒一地——这是有力的自我解构。一切的诗意发生都在"此时此地"，即便在超时间性的语境中，虚构和语言都要长着及物的根须。

八、当代性：诗人和时代

仅以语言的亲历性和描述性来定义当代诗，自然是远远不够的。当代诗是否具备当代性，才是题中应有之义。什么是当代性？按照阿甘本[2]的说法，是指诗人和时代的奇特关系——依附于时代又与时代错位。任何一个诗人依附于时代并与时代共舞，便不会有自己的节奏、自己的视角。任何一个时代都不乏与时代共舞的人，甚至是绝大多数。在这个时代我们实现了民族的伟大复兴，几乎从农耕时代一步跳进信息化和人工智能时代，工业时代只是这个伟大的进程中一个短暂落脚的跳板。城市化和信息化造成人口大迁移和人的生活方式的彻底改变，物质文明的巨大进步背后，人的精神就像一个在火车站的人群中走散的孩子：没有身份证，没有亲人和朋友，处于巨大的陌生中，他的哭泣无人理会。诗人当是那个能够在嘈杂中听到那个孩子的呼喊和哭泣的人，所有和时代同步的人自顾不暇，就像洪水中的树叶、塑料袋或可乐瓶，洪水中搁浅的树枝仿佛在抵抗巨大的裹挟，在洪水里枯干但是正是它的匮乏使它拥有某种当代性。曼德尔施塔姆有一首诗：《不，我不是任何人的同时代人》，同时代人，即当代人，所有的同时代人也许都有能力感知岁月。"岁月是一个暴君，一对昏睡的瞳孔／一张出众

---

[1] 参见《黑池坝笔记》，安徽教育出版社，2014，77页。
[2] 阿甘本（1942—），意大利哲学家。引文出自他的《何为当代人》一文。

的黏土的嘴巴。/当他死时,他将躺进儿子/麻痹的怀抱,他衰老的儿子。"[1]诗人同样不能抵抗岁月,但也不能依附于时代:"一具懒洋洋地摊开的泥巴躯体",但是诗人能够打捞时间和创造时间,也许正是这样,阿甘本给予了"同时代人"的几个定义要素,一是依附又错位于时代,与时代保持一定的距离,"不合时宜";二是坚定地凝视自己的时代,"紧紧凝视自己时代的人,以便感知时代的黑暗而不是其光芒的人"。一个时代就像一个热闹喧嚣的生鲜市场,年三十的夜晚空无一人,只有北风吹着垃圾袋发出簌簌声。有几个人会站在那里,凝视时代的空无,内心涌起悲伤?(付元峰)"能够自称同时代人的那些人,是不允许自己被世纪之光蒙蔽的人,因此,他们能够瞥见那些光中的阴影,能够瞥见光中隐秘的晦暗。"对于诗人来说,黑暗正是一种无名的经验,考量诗人的命名才能。诗人朱庆和的诗《想起早年写的一个短篇小说》堪称一个同时代人的隐喻:"稿子已经没有了/蓝黑墨水写的/情节大致还记得/说的是一个油漆工/下了班,家里没吃的/一直坐到晚上/他脱光衣服/浑身刷满了黑漆/然后朝着大街走去//至今漆黑的他/还饿着肚子/一直走在/无尽的夜里"。油漆工是世界的装扮者或建设者,但他在此不无超越性的语境中身份不仅限于此,更像一个诗人的自况,他的饥饿是精神的,把自己刷上黑漆犹如老子之言"褐而怀玉",他在黑暗的大街上一直行走,同时代的人在酣眠中,他却是真正的同时代人。

　　当代性是一束凝视的目光照亮的一个有血肉气息的此在:过去、现在、未来相遇于此时此地,它突破时代的空间限制在时间的维度上展开自由的翅膀,但它的飞翔看上去轻盈实际上负载着巨大的风阻,或还要遭遇雷电雨雪,它只呈现为形式的轻盈,轻盈的形式蕴含的,正是血液黏合的脊骨——时代断裂的脊骨。这是每一个诗人都负有的伟大使命。没有哪个时代会永恒不变,它甚至比一个同时代人更快地死去,死在他衰老的儿子的怀抱里。在一个诗人的暮年,一个新时代早已到来,过去的时代发生了什么,新一代人一无所知。"唯有长笛熔成的金属/才能连接时光之链,/直到时代逃出了监牢,/世界开始了新纪元。"[2]在曼德尔施塔姆笔下,时代是野兽,也是囚徒,其实任何一个时代都有它的野兽一面,它的兽性是那个时代的人的动物性的集合。任何一个时代也不可避免沦为时间的囚徒,它在历史时间的抽象中失去存在的血肉气息,只有见证者的证词可让它获得自由,同时由于和深远的传统连接,而具有更为强大的生命力。这种与过去的关联不是回到过去,而是一种共时性的发生。"这种与过去的特殊关联还有另外一个特征。尤其是通过突出当下的古老(arcaico),同时代性嵌入到当下。在最近和晚近时代中感知到古老的标志和印记的人,才可能是同时代人。'古老的'意思接近 arché,即起源。不过,起源不仅仅位于年代顺序的过去之中:它与历史的生成是同时代的,并且在其中不停歇地活动,就像胚胎在成熟机体的组织中不断活动,或者孩童在成人的精神生活中那样。"曼德尔施塔采取的办法是焊接,以生命的鲜血。谢默斯·希尼的策略是挖掘,像父亲挖马铃薯和祖父

---

[1] 参见《曼德尔施塔姆诗选》,杨子译,河北教育出版社,2003,146页。
[2] 同上。

挖泥炭那样。每一个诗人都会找到一条个人化的语言路径，但是作为当代诗人，其作品不具备当代性（同时代性），就不能称之为真正的当代诗人。

于坚2019年发表于《青春》的《莫斯科札记》是将当代性嵌入当下的一个典范，宏大叙事或抒情经由诗人长期凝视的目光已经凝聚于富有质感的细节，去莫斯科的旅途通过词语的召唤和聚集变成一条语言之途，俄罗斯大地上有关苏联的记忆、俄罗斯的人文和诗人青少年时代经历的现实经验，都汇聚在当下，在语言形式背后，显然有着共时性和同时代人的观念，其创造的语言形式既有惊人的意象——比如打着绑腿的玄奘，一个不无荒谬色彩的象征，是宗教信仰和革命信仰的捆绑，它蕴含的意味是深长的，也有惊悚的场景——

　　　　纪念碑拆除　捷尔任斯基的心脏
　　　　被那座大楼扔出来　或许比普希金
　　　　幸运　爬起来喘着气　去街口
　　　　等下一次绿灯　没戴黑手套
　　　　确实有白杨身材　不知底细
　　　　新一代来来去去　朝波兰裔的
　　　　美男子　暗送秋波

《莫斯科札记》所呈现的语言风景，不是一次属于审美范畴的纪游，也不是描述诗人和时代的关系——在这里，诗人和时代的恰当关系已经达成写作上的内在自觉，脱离了批判现实主义的俗套。其宏大叙事不依托象征主义的语言路径，而是源于对日常生活细节的凝视，自然也剔除了现代主义的立法或代言姿态。将俄罗斯文学的经典人物和他们的作者一并纳入写作现场，除了显示了作者文化考古的强大能力，还蕴含着一个重大的写作观念：写作即写语言——在此观念下，一切语言现实都成为建设过去和当下之间桥梁的材料，准确说来不是材料而是诗人对俄罗斯文学和历史的生命感知。于坚致力于黏合两个世纪断裂的"脊骨"，不是像曼德尔施塔姆那样——用鲜血；而是用良知，就像曼德尔施塔姆那样。

九、无意义或废话写作的意义

日常生活是艺术伟大的源泉。于坚这样表达自己的理解，"日常生活就是人生最基本的生活，毫无意义的生活，无所谓是与非的生活。从这种生活开始，我们才有根基进行关于存在之意义的种种疑问和设想。你可以拒绝这种基本的生活，但你不能摧毁它，因为它是最后的、最基本的。没有这些，也就无所谓世界。日常生活是毫无意义的，因为在意义如此玄奥深邃五彩纷呈的历史下面，它是支撑一切的东西，它是最基本的词，它是世界的河床，它不可能只服从于任何单向度的意义"。[1] 通常诗人或小说家处理日常生活要经由提升和过滤等，所谓"去实用化"，或者"还原"，当代诗人真正实现在艺术上克制主体性想象，其主体介入是作为一个平等存在的个体，一个同时代人的角色，词与物的关联是在气息的结盟和高度专注的凝视下实现，而不是再次让日常生活成为某种观念的论据或者形而上的抽象。其间的差别在于，一是词语的运用者，以词语的组合来实现一种表达：审美的，或思想的，一是让写作个体和事物处在平等位置，与世界万物实现对话。词与物的内在关系的建立，不是依托假设、指定、抽象、归纳或意象化的捆绑，而是更多依托毗邻原则，相似性原则同样保留它的价值但是必须划入直觉的范畴，而不是主体性意识的抽象还原之想象。

　　废话写作的倡导者杨黎，把日常生活的无意义提升到语言学的高度：反对意义写作，拒绝主体性意志赋能，力图呈现生活的本相。诗人柏桦说，朦胧诗解放了语言的所指，非非解放了语言的能指。此语十分精当。朦胧诗反对意识形态的裹挟，将诗歌从空心化的革命浪漫主义解放出来，非非的诗人们则进一步推动语言能指的解放，使之免于意义的禁锢而抵达自由。杨黎广为流传的《冷风景》有一个副标题：献给阿兰·罗布—格里耶。这位法国新小说的代表人物，显然是杨黎文学上的"意中人"。《冷风景》有着纪录片般的冷静客观，对一条冬天的街道不无饶舌的描述，除了切换几个秋天和夏天的镜头，基本上保持在平铺直叙中，最大程度克制情感的流露和主体性想象的介入，话语循环，焦点设置，可能是诗的唯一具有修辞企图的地方，或者说，诗也拒绝修辞，拒绝隐喻，直接客观，如其所是，但是"冷风景"的寂静使得某些声音变得异常响亮，"深夜时／街右边有一家门突然打开／一股黄色的光／射了出来／接着'哗'的一声／一盆水泼到了街上／门还未关上的那一刹／看得见地上冒起／丝丝热气"，这种无意义的细节呈现除了显示它本身存在的意义，没有任何主体意志参与，世界看上去客观真实，触手可及。

　　废话写作反对意义的姿态，被看作是20世纪80年代第三代诗歌运动的急先锋，以"个人"和"日常"为写作的关键词，彻底的反意义姿态使得修辞无容身之地，于是客观描述就成为诗人不得不为之的选择。无意义或废话写作彰显的姿态，是针对意义写作——二手知识的贩卖或者文化观念的具象化，当然还有革命浪漫主义的主题写作——其本质是空心化和工具化，主体性意识的缺席，更遑论诗人对于"同时代人"的认识。在当下，一种可称之为"翻译体"写作，即是所谓情怀或认识的意象化的表达，在这一类写作中，表达者不知不觉把自己放在一个大写的单数位置，其本身可能并不明了，这是西方浪漫主义和现代主义文学中诗人作为先知和预言者的姿态给当代中国诗歌带来的消化不良。意象化的语言学本质，是名称和事物严丝合缝，声音和形象一一对应，且因为个人化的想象恣肆，使得语言就像扭麻花。这种语言麻花给人的观感是当代诗人已经变得不能好好说话，或者不说人话。因此

---

[1] 于坚《何谓日常生活——以昆明为例》，《于坚思想随笔》，陕西师范大学出版社有限公司出版，2010，第86页、88页。

废话写作仍然有着它的存在价值，作为语言中的孤独存在，就像意义丛林中的一片林中空地。

十、无限性维度：诗之超越性

"K 到村子的时候，已经是后半夜了。村子深深地陷在雪地里。城堡所在的那个山冈笼罩在雾霭和夜色里看不见了，连一星儿显示出有一座城堡屹立在那儿的光亮也看不见。K 站在一座从大路通向村子的木桥上，对着他头上那一片空洞虚无的幻景，凝视了好一会儿。"[1] 这是卡夫卡的小说《城堡》开篇呈现的场景，这位名叫 K 的人，没有身份证明，没有过去，连名字也是一个代号（或符号），他在村子里待下去是凭着他自己声称的"我就是伯爵大人正在等着的那位土地测量员"的堂皇理由，为了取得一个可以留留的身份和进入城堡，他讨好城堡一个官员的情妇弗里达。K 在那个陌生世界始终受到身份的困扰，至死没有进入城堡，而那城堡在每个人那里都没有一个确定的所指，是"空洞虚无的幻景"，这使得 K 的一切所为显得无比荒谬。

《城堡》没有任何时代印记和社会学的特征，仿佛一个寓言，K 的困境是人的困境之极致，是整个 20 世纪人类精神困境的表现。卡夫卡站在无限性的维度创造了人的极致可能，通过匠心独具的设计使得整部小说成为一个整体性的隐喻，但它又不是象征主义的，因为 K 要去或追寻的那个城堡始终不能接近，是抽象的，它并不是一个确切的象征物。象征主义的具象和抽象对应统一由于它们之间关系的断裂，变得无法阐释，而"城堡"的虚无特征使得现实存在变得无比荒谬，小说具备了寓言特征，更接近诗的整体性隐喻，从而使得文本具有开放性和多义性。

《城堡》为语言创造了一个无限性维度——超越历史时间和现实时间——在这个维度上，时间就像由一首诗的节奏或者音顿生成，诗的声音或节奏召唤并获取的意象一旦超越现实和历史，进入类似寓言的场域，诗的时间便进入类似某种意义上的神话时间，并在某个点，或者通过某个意象，打开它的空间。当代诗人陈先发的《前世》是这一类型的作品。梁祝化蝶的故事在此语境中被彻底重构，不再是那个凄美的爱情形象，而是一种决绝姿态的象征，其诗歌表述带来的惊悚和陌生，令人过目难忘。波兰诗人赫伯特的《阿波罗和玛息阿》则把这种惊悚美学推向极致情境——由于描述的冷静和高度的凝聚，让人毛骨悚然。

  阿波罗和玛息阿
  真正的决斗
  （绝对的耳朵
  对巨大的范围）

---

[1]《审判·城堡》，北京燕山出版社，173 页。

发生在那个晚上
也就是我们所知道的
当裁判们已经判定
胜利者是那位神的时候

被紧紧绑在一棵树上
皮肤被一丝不苟地剥掉
玛息阿
号叫
在号叫抵达他高高的耳朵前
在号叫的阴影下休息

被一阵恶心感震动
阿波罗正在擦他的乐器

玛息阿的声音
只是表面上
单调，由单一的元音构成
"啊"——
实际上
玛息阿正在叙述
他身体
那耗之不尽的财富

肝脏的秃山
营养物的白沟壑
肺腑沙沙响的森林
肌肉美妙的小丘
关节胆汁血液和颤抖
骨头的寒风
吹过记忆之盐
被一阵恶心感震动

阿波罗正在擦他的乐器

现在合唱又加入了
玛息阿的脊骨
原则上是同一个"啊"
只是因为增添了铁锈而更深沉了

这已经超出了那位有着
人工纤维神经的神的忍耐力

沿着一条有黄杨树篱的
砂砾小径
那位胜利者离去
一边纳闷着
从玛息阿的号叫中
会不会有一天诞生
某种新型的
艺术——比方说——混凝土

突然间
在他脚下
跌落一只石化的夜莺

他回望
看见
玛息阿被绑的那棵树的头发

完全
白了

此诗脱尽意大利画家佩鲁基诺画笔下《阿波罗和玛息阿》翁布里亚风格的优美和典雅，相反，其中全部的声音形象熔铸了"残忍"这个词的极致。谢默斯·希尼说："这首诗背后，隐藏着波兰的残酷经验……这里有题材的冒犯，有与恐怖电影暴力的调情，以及有意识地避免任何'柔情'。"[1] 在神话故事中洞悉一种"现实视域"，或将神话重构为一种现实镜像，显示了作者敏锐的洞察力和深邃的历史视野，但是诗的叙述服从叙事学——以阿波罗的视点为焦点，避免全知视角，使得诗的肌理更加鲜明，某种刽子手的虐待狂心理和冷酷语调，也使得诗在艺术上致力于呈现，而不带入写作主体任何介入性态度。自我泯灭，或者"逃避个性"，抑制了情绪，压缩情感，并没有让诗丧失个性，而是蕴藏了核弹的巨大震撼力。

赫伯特让《阿波罗和玛息阿》脱离神话时间，进入诗的时间从而跃身一个超越性维度的秘密在于，他以深邃的历史洞察力击穿了神话优美的表面，以个人化的历史想象力将它转化为一种视域性存在，看似与现实无关，实际上是现实的镜像，缩减了和现实的关联不是削弱现实感而是相反，因为这样使得文本更加独立自足，也更开放，没有限制在现实的某一个局部，而是整体性的映射。对玛息阿的号叫的聚焦，从中可以看出诗人对本体的专注，叙事焦点的运用使得个人化色彩表面上看淡化了，实际上愈是如此，诗歌的张力愈是得到加强，换句话说，它更加凸显了阿波罗的冷酷残忍，而悲悯尽隐隐在玛息阿痛苦的号叫中——它单调，"由单一的元音组成"，但它叙述的五脏六腑的苦难——以沟壑、森林、小丘等意象类比五脏六腑，将人的自然价值毁灭，提高到某种悲剧的崇高，而"石化的夜莺"和白了头的"玛息阿被绑的那棵树"——两个惊人的意象，石破天惊。这是想象力和克制力转化成了巨大的向内凝视的力量，赋予它视域性存在和现代性美学的价值。

---

[1]《希尼三十年文选》，黄灿然译，浙江文艺出版社，211 页。

图书在版编目（CIP）数据

汉诗：一公斤棉花有上万颗棉籽 / 张执浩主编. --武汉：长江文艺出版社，2022.5
　ISBN 978-7-5702-2629-0

Ⅰ. ①汉… Ⅱ. ①张… Ⅲ. ①诗集－中国－当代 Ⅳ. ①I227

中国版本图书馆 CIP 数据核字(2022)第 054426 号

汉诗：一公斤棉花有上万颗棉籽
HANSHI: YIGONGJIN MIANHUA YOU SHANGWANKE MIANZI

责任编辑：王成晨	责任校对：毛季慧
封面设计：祁泽娟	责任印制：邱　莉　王光兴

出版：长江出版传媒　长江文艺出版社
地址：武汉市雄楚大街 268 号　　邮编：430070
发行：长江文艺出版社
http://www.cjlap.com
印刷：武汉新鸿业印务有限公司

开本：720 毫米×1020 毫米　　1/16　　印张：14.25
版次：2022 年 5 月第 1 版　　2022 年 5 月第 1 次印刷
行数：6701 行

定价：36.00 元

版权所有，盗版必究（举报电话：027—87679308　　87679310）
（图书出现印装问题，本社负责调换）